3

BIBLIOTHÈQUE DES DAMES

(LES) CONTES DES FÉES)² DE (Mme D'AULNOY) 1

TOME SECOND

IOV AVST

2246

PARIS
LIBRAIRIE DES BIBLIOPHILES
Rue Saint-Honoré, 338

M DCCC LXXXI

BIBLIOTHÈQUE DES DAMES

———

III

LES CONTES DES FÉES

DE Mᵐᵉ D'AULNOY

———

TOME SECOND

Les Contes des Fées

Mme D'AULNOY

LES
CONTES DES FÉES

ou

LES FÉES A LA MODE

CONTES CHOISIS PUBLIÉS EN DEUX VOLUMES

AVEC UN

PRÉFACE PAR M DE LESCURE

Frontispices gravés par Lalouze

493.

PARIS

LIBRAIRIE DES BIBLIOPHILES

Rue Saint-Honore, 338

M DCCC LXXXI

FINETTE CENDRON

I étoit une fois un roi et une reine qui avoient mal fait leurs affaires; on les chassa de leur royaume; ils vendirent leurs couronnes pour vivre, puis leurs habits, leurs linges, leurs dentelles et tous leurs meubles pièce à pièce; les fripiers étoient las d'acheter, car tous les jours ils vendoient chose nouvelle. Quand le roi et la reine furent bien pauvres, le roi dit à sa femme : « Nous voilà hors de notre royaume, nous n'avons plus rien, il faut gagner notre vie et celle de nos pauvres enfans : avisez un peu ce que nous avons à faire, car jusqu'à présent je n'ai su que le métier de roi, qui est fort doux. »

La reine avoit beaucoup d'esprit; elle lui demanda huit jours pour y rêver. Au bout de ce temps elle lui dit : « Sire, il ne faut point nous affliger; vous n'avez qu'à faire des filets, dont vous prendrez des oiseaux à la chasse et des poissons à la pêche; pendant que les cordelettes s'useront, je filerai pour en faire d'autres. A l'égard de nos trois filles, ce sont de franches paresseuses, qui croient encore être de grandes dames; elles veulent faire les demoiselles: il faut les mener si loin, si loin, qu'elles ne reviennent jamais, car il seroit impossible que nous pussions leur fournir assez d'habits à leur gré. »

Le roi commença de pleurer quand il vit qu'il falloit se séparer de ses enfans; il étoit bon père, mais la reine étoit la maîtresse. Il demeura donc d'accord de tout ce qu'elle vouloit; il lui dit : « Levez-vous demain de bon matin, et prenez vos trois filles pour les mener où vous jugerez à propos. » Pendant qu'ils complotoient cette affaire, la princesse Finette, qui étoit la plus petite des filles, écoutoit par le trou de la serrure, et, quand elle eut découvert le dessein de son papa et de sa maman, elle s'en alla tant qu'elle put à une grande grotte, fort éloignée de chez eux, où demeuroit la fée Merluche, qui étoit sa marraine.

Finette avoit pris deux livres de beurre frais, des œufs, du lait et de la farine, pour faire un excellent gâteau à sa marraine, afin d'en être bien reçue. Elle commença gaiement son voyage ; mais plus elle alloit, plus elle se lassoit. Ses souliers s'usèrent jusqu'à la dernière semelle, et ses petits pieds mignons s'écorchèrent si fort que c'étoit grande pitié. Elle n'en pouvoit plus ; elle s'assit sur l'herbe, pleurant.

Par là passa un beau cheval d'Espagne, tout sellé, tout bridé : il y avoit plus de diamans à sa housse qu'il n'en faudroit pour acheter trois villes ; et, quand il vit la princesse, il se mit à paître doucement auprès d'elle : ployant le jarret, il sembloit lui faire la révérence. Aussitôt elle le prit par la bride. « Gentil dada, dit-elle, voudrois-tu bien me porter chez ma marraine la fée ? Tu me feras un grand plaisir, car je suis si lasse que je vais mourir ; mais, si tu me sers dans cette occasion, je te donnerai de bonne avoine et de bon foin ; tu auras de la paille fraîche pour te coucher. » Le cheval se baissa presque à terre devant elle, et la jeune Finette sauta dessus ; il se mit à courir si légèrement qu'il sembloit que ce fût un oiseau. Il s'arrêta à l'entrée de la grotte, comme s'il en avoit su le chemin : il le savoit bien aussi, car c'étoit Merluche qui, ayant deviné que sa filleule la vouloit venir voir, lui avoit envoyé ce beau cheval.

Quand elle fut entrée, elle fit trois grandes révérences à sa marraine, et prit le bas de sa robe, qu'elle baisa, et puis elle lui dit : « Bonjour, ma marraine, comment vous portez-vous? Voilà du beurre, du lait, de la farine et des œufs que je vous apporte pour vous faire un bon gâteau à la mode de notre pays. — Soyez la bien venue, Finette, dit la fée, venez que je vous embrasse.» Elle l'embrassa deux fois, dont Finette resta très joyeuse, car Mme Merluche n'étoit pas une fée à la douzaine. Elle dit : « Çà, ma filleule, je veux que vous soyez ma petite femme de chambre; décoiffez-moi et me peignez.» La princesse la décoiffa et la peigna le plus adroitement du monde. « Je sais bien, dit Merluche, pourquoi vous venez ici : vous avez écouté le roi et la reine qui veulent vous mener perdre, et vous voulez éviter ce malheur. Tenez, vous n'avez qu'à prendre ce peloton, le fil n'en rompra jamais; vous attacherez le bout à la porte de votre maison, et vous le tiendrez à votre main. Quand la reine vous aura laissée, il vous sera aisé de revenir en suivant le fil. »

La princesse remercia sa marraine, qui lui remplit un sac de beaux habits tout d'or et d'argent. Elle l'embrassa, elle la fit remonter sur le joli cheval, et en deux ou trois momens il la rendit à la porte de la maisonnette de Leurs Majestés. Finette dit au cheval : « Mon petit ami, vous êtes beau et très sage, vous allez plus vite que le soleil, je vous remercie de votre peine; retournez d'où vous venez. » Elle entra tout doucement dans la maison, cachant son

sac sous son chevet ; elle se coucha sans faire semblant de rien. Dès que le jour parut, le roi réveilla
sa femme. « Allons, allons, Madame, lui dit-il, ap-
prêtez-vous pour le voyage. » Aussitôt elle se leva,
prit ses gros souliers, une jupe courte, une cami-
sole blanche et un bâton. Elle fit venir l'aînée de ses
filles qui s'appeloit Fleur-d'Amour ; la seconde,
Belle-de-Nuit, et la troisième, Fine-Oreille : c'est
pourquoi on la nommoit ordinairement Finette.
« J'ai rêvé cette nuit, dit la reine, qu'il faut que nous
allions voir ma sœur : elle nous régalera bien, nous
mangerons et nous rirons tant que nous voudrons. »
Fleur-d'Amour, qui se désespéroit d'être dans un
désert, dit à sa mère : « Allons, Madame, où il vous
plaira ; pourvu que je me promène, il ne m'importe. »
Les deux autres en dirent autant. Elles prennent
congé du roi, et les voilà toutes quatre en chemin.
Elles allèrent si loin, si loin, que Fine-Oreille avoit
grande peur de n'avoir pas assez de fil, car il y
avoit près de mille lieues. Elle marchoit toujours
derrière ses sœurs, passant le fil adroitement dans
les buissons.

Quand la reine crut que ses filles ne pourroient
plus retrouver le chemin, elle entra dans un grand
bois, et leur dit : « Mes petites brebis, dormez ; je
serai comme la bergère qui veille autour de son
troupeau, crainte que le loup ne le mange. » Elles
se couchèrent sur l'herbe, et s'endormirent. La

reine les quitta, croyant ne les revoir jamais; Finette fermoit les yeux, et ne dormoit pas. « Si j'é-
tois une méchante fille, disoit-elle, je m'en irois
tout à l'heure, et je laisserois mourir mes sœurs ici,
car elles me battent et m'égratignent jusqu'au
sang; malgré toutes leurs malices, je ne les veux
pas abandonner. »

Elle les réveille, et leur conte toute l'histoire ;
elles se mettent à pleurer, et la prient de les mener
avec elle, qu'elles lui donneront leurs belles poupées,
leur petit ménage d'argent, leurs autres jouets et
leurs bonbons. « Je sais assez que vous n'en ferez
rien, dit Finette, mais je n'en serai pas moins bonne
sœur. » Et, se levant, elle suivit son fil, et les princesses aussi ; de sorte qu'elles arrivèrent presque
aussitôt que la reine.

En s'arrêtant à la porte, elles entendirent que le
roi disoit : « J'ai le cœur tout saisi de vous voir revenir seule. — Bon, dit la reine, nous étions trop embarrassés de nos filles.— Encore, dit le roi, si vous
aviez ramené ma Finette, je me consolerois des
autres, car elles n'aiment rien. » Elles frappèrent :
toc, toc. Le roi dit : « Qui va là? » Elles répondirent:
« Ce sont vos trois filles : Fleur-d'Amour, Belle-de-
Nuit et Fine-Oreille. » La reine se mit à trembler.
« N'ouvrez pas, disoit-elle, il faut que ce soient des esprits, car il est impossible qu'elles fussent revenues. »
Le roi étoit aussi poltron que sa femme, et il disoit:

«Vous me trompez, vous n'êtes point mes filles.» Mais
Fine-Oreille, qui étoit adroite, lui dit : « Mon papa,
je vais me baisser, regardez-moi par le trou du chat,
et, si je ne suis pas Finette, je consens d'avoir le
fouet.» Le roi regarda comme elle lui avoit dit, et,
dès qu'il l'eut reconnue, il leur ouvrit. La reine fit
semblant d'être bien aise de les revoir ; elle leur dit
qu'elle avoit oublié quelque chose, qu'elle l'étoit
venue chercher, mais qu'assurément elle les auroit
été retrouver. Elles feignirent de la croire, et montèrent dans un beau petit grenier où elles couchoient.

« Çà, dit Finette, mes sœurs, vous m'avez promis
une poupée, donnez-la-moi. — Vraiment tu n'as
qu'à t'y attendre, petite coquine, dirent-elles ; tu
es cause que le roi ne nous regrette pas. » Là-dessus,
prenant leurs quenouilles, elles la battirent comme
plâtre. Quand elles l'eurent bien battue, elle se
coucha ; et, comme elle avoit tant de plaies et de
bosses, elle ne pouvoit dormir, et elle entendit que
la reine disoit au roi : « Je les mènerai d'un autre
côté, encore plus loin, et je suis certaine qu'elles
ne reviendront jamais. » Quand Finette entendit ce
complot, elle se leva tout doucement pour aller
voir encore sa marraine. Elle entra dans le poulailler,
elle prit deux poulets et un maître coq, à qui elle
tordit le cou, puis deux petits lapins, que la reine
nourrissoit de choux pour s'en régaler dans l'occa-

sion. Elle mit le tout dans un panier, et partit. Mais
elle n'eut pas fait une lieue à tâtons, mourant
de peur, que le cheval d'Espagne vint au galop,
ronflant et hennissant ; elle crut que c'étoit fait
d'elle, que quelques gens d'armes l'alloient prendre.
Quand elle vit le joli cheval tout seul, elle monta
dessus, ravie d'aller si à son aise : elle arriva promptement chez sa marraine.

Après les cérémonies ordinaires, elle lui présenta les poulets, le coq et les lapins, et la pria de
l'aider de ses bons avis, parce que la reine avoit juré
qu'elle les mèneroit jusqu'au bout du monde. Merluche dit à sa filleule de ne s'affliger pas ; elle lui
donna un sac tout plein de cendre. « Vous porterez
le sac devant vous, lui dit-elle, vous le secouerez,
vous marcherez sur la cendre, et, quand vous voudrez revenir, vous n'aurez qu'à regarder l'impres-
sion de vos pas ; mais ne ramenez point vos sœurs :
elles sont trop malicieuses, et, si vous les ramenez,
je ne veux plus vous voir. » Finette prit congé d'elle,
emportant, par son ordre, pour trente ou quarante
millions de diamans en une petite boîte, qu'elle
mit dans sa poche : le cheval étoit tout prêt, et la
rapporta comme à l'ordinaire. Au point du jour,
la reine appela les princesses ; elles vinrent, et elle
leur dit : « Le roi ne se porte pas trop bien ; j'ai rêvé
cette nuit qu'il faut que j'aille lui cueillir des fleurs
et des herbes en un certain pays où elles sont fort

excellentes : elles le feront rajeunir ; c'est pourquoi
allons-y tout à l'heure. » Fleur-d'Amour et Belle-
de-Nuit, qui ne croyoient pas que leur mère eût
encore envie de les perdre, s'affligèrent de ces nouvelles. Il fallut pourtant partir, et elles allèrent si
loin qu'il ne s'est jamais fait un si long voyage.
Finette, qui ne disoit mot, se tenoit derrière les
autres, et secouoit sa cendre à merveille, sans que
le vent ni la pluie y gâtassent rien. La reine, étant
persuadée qu'elles ne pourroient retrouver le chemin,
remarqua un soir que ses trois filles étoient bien en-
dormies ; elle prit ce temps pour les quitter, et revint
chez elle. Quand il fut jour et que Finette connut
que sa mère n'y étoit plus, elle éveilla ses sœurs.
« Nous voici seules, dit-elle, la reine s'en est allée.»
Fleur-d'Amour et Belle-de-Nuit se prirent à pleurer : elles arrachoient leurs cheveux, et meurtris-
soient leur visage à coups de poing. Elles s'écrioient :
« Hélas ! qu'allons-nous faire ? » Finette étoit la meilleure fille du monde ; elle eut encore pitié de ses
sœurs. « Voyez à quoi je m'expose, leur dit-elle : car,
lorsque ma marraine m'a donné le moyen de revenir, elle m'a défendu de vous enseigner le chemin ,
et que, si je lui désobéissois, elle ne vouloit plus me
voir. » Belle-de-Nuit se jette au cou de Finette,
autant en fit Fleur-d'Amour ; elles la caressèrent si
tendrement qu'il n'en fallut pas davantage pour
revenir toutes trois ensemble chez le roi et la reine.

Leurs Majestés furent bien surprises de revoir les princesses; ils en parlèrent toute la nuit, et la cadette, qui n'avoit pas nom Fine-Oreille pour rien, entendoit qu'ils faisoient un nouveau complot, et que le lendemain la reine se remettoit en campagne. Elle courut éveiller ses sœurs. « Hélas ! leur dit-elle, nous sommes perdues, la reine veut absolument nous mener dans quelque désert et nous y laisser. Vous êtes cause que j'ai fâché ma marraine, je n'ose l'aller trouver comme je faisois toujours. » Elles restèrent bien en peine, et se disoient l'une à l'autre : « Que ferons-nous, ma sœur, que ferons-nous ? » Enfin Belle-de-Nuit dit aux deux autres : « Il ne faut pas s'embarrasser, la vieille Merluche n'a pas tant d'esprit qu'il n'en reste un peu aux autres : nous n'avons qu'à nous charger de pois; nous les sèmerons le long du chemin, et nous reviendrons. » Fleur-d'Amour trouva l'expédient admirable. Elles se chargèrent de pois, elles remplirent leurs poches; pour Fine-Oreille, au lieu de prendre des pois, elle prit le sac aux beaux habits, avec la petite boîte de diamans, et, dès que la reine les appela pour partir, elles se trouvèrent toutes prêtes.

Elle leur dit : « J'ai rêvé cette nuit qu'il y a, dans un pays qu'il n'est pas nécessaire de nommer, trois beaux princes qui vous attendent pour vous épouser : je vais vous y mener, pour voir si mon songe

est véritable. » La reine alloit devant, et ses filles
après, qui semoient des pois sans s'inquiéter, car
elles étoient certaines de revenir à la maison. Pour
cette fois la reine alla plus loin encore qu'elle n'é-
toit allée ; mais pendant une nuit obscure elle les
quitta, et revint trouver le roi. Elle arriva fort lasse
et fort aise de n'avoir plus un si grand ménage sur
les bras.

Les trois princesses, ayant dormi jusqu'à onze
heures du matin, se réveillèrent ; Finette s'aperçut
la première de l'absence de la reine : bien qu'elle
s'y fût préparée, elle ne laissa pas de pleurer, se
confiant davantage pour son retour à sa marraine
la fée qu'à l'habileté de ses sœurs. Elle fut leur
dire tout effrayée : « La reine est partie, il faut la
suivre au plus vite. — Taisez-vous, petite babouine,
répliqua Fleur-d'Amour, nous trouverons bien le
chemin quand nous voudrons. Vous faites ici ma
commère l'empressée mal à propos. » Finette n'osa
répliquer. Mais, quand elles voulurent retrouver le
chemin, il n'y avoit plus ni traces ni sentiers : les pigeons, dont il y a grand nombre en ce pays-là,
étoient venus manger les pois. Elles se prirent à
pleurer jusqu'aux cris. Après avoir resté deux jours
sans manger, Fleur-d'Amour dit à Belle-de-Nuit :
« Ma sœur, n'as-tu rien à manger? — Non, » dit-elle.
Elle dit la même chose à Finette. « Je n'ai rien non
plus, répliqua-t-elle, mais je viens de trouver un

gland. « Ah ! donnez-le-moi, » dit l'une. « Donnez-le-moi, » dit l'autre. Chacune le vouloit avoir. « Nous ne serons guère rassasiées d'un gland à nous trois, dit Finette ; plantons-le : il en viendra un arbre qui nous pourra servir. « Elles y consentirent, quoiqu'il n'y eût guère d'apparence qu'il vînt un arbre dans un pays où il n'y en avoit point : on n'y voyoit que des choux et des laitues, dont les princesses mangeoient. Si elles avoient été bien délicates, elles seroient mortes cent fois ; elles couchoient presque toujours à la belle étoile. Tous les matins et tous les soirs elles alloient tour à tour arroser le gland, et lui disoient : *Croîs, croîs, beau gland.* Il commença de croître à vue d'œil. Quand il fut un peu grand, Fleur-d'Amour voulut monter dessus, mais il n'étoit pas assez fort pour la porter : elle le sentoit plier sous elle ; aussitôt elle descendit. Belle-de-Nuit eut la même aventure ; Finette, plus légère, s'y tint longtemps ; et ses sœurs lui demandèrent : « Ne vois-tu rien, ma sœur ? » Elle leur répondit : « Non, je ne vois rien. —Ah ! c'est que le chêne n'est pas assez haut, » disoit Fleur-d'Amour ; de sorte qu'elles continuoient d'arroser le gland et de lui dire : *Croîs, croîs, beau gland.* Finette ne manquoit jamais d'y monter deux fois le jour. Un matin qu'elle y étoit, Belle-de-Nuit dit à Fleur-d'Amour : « J'ai trouvé un sac que notre sœur nous a caché ; qu'est-ce qu'il peut y avoir dedans ? » Fleur-d'Amour répondit : « Elle m'a dit que c'étoient de vieilles dentelles qu'elle raccommode. — Et moi, je crois que c'est du bonbon », ajouta Belle-de-Nuit. Elle étoit friande, et voulut y voir : elle y trouva effectivement toutes les dentelles du roi et de la reine, mais elles servoient à cacher les beaux habits de Finette et la boîte de diamans. « Hé bien ! se peut-il une plus grande petite coquine? s'écriat-elle ; il faut tout prendre pour nous, et mettre des pierres à la place. » Elles le firent promptement. Finette revint sans s'apercevoir de la malice de ses sœurs, car elle ne s'avisoit pas de se parer dans un désert : elle ne songeoit qu'au chêne, qui devenoit le plus beau de tous les chênes.

Une fois qu'elle y monta, et que ses sœurs, selon leur coutume, lui demandèrent si elle ne découvroit rien, elle s'écria : « Je découvre une grande maison, si belle, si belle, que je ne saurois assez le dire : les murs en sont d'émeraudes et de rubis, le toit de diamans ; elle est toute couverte de sonnettes d'or, les girouettes vont et viennent comme le vent. — Tu mens, disoient-elles, cela n'est pas si beau que tu le dis. — Croyez-moi, répondit Finette, je ne suis pas menteuse ; venez-y plutôt voir vous-mêmes, j'en ai les yeux tout éblouis. » Fleur-d'Amour monta sur l'arbre : quand elle eut vu le château, elle ne s'en pouvoit taire. Belle-de-Nuit, qui étoit fort curieuse, ne manqua pas de monter à son tour : elle demeura aussi ravie que ses sœurs. « Certainement, dirent-elles, il faut aller à ce palais, peut-être que nous y trouverons de beaux princes qui seront trop heureux de nous épouser. » Tant que la soirée fut longue, elles ne parlèrent que de leur dessein, elles se couchèrent sur l'herbe ; mais, lorsque Finette leur parut fort endormie, Fleur-d'Amour dit à Belle-de-Nuit : « Savez-vous ce qu'il faut faire, ma sœur ? Levons-nous et nous habillons des riches habits que Finette a apportés. — Vous avez raison, dit Belle-de-Nuit. » Elles se levèrent donc, se frisèrent, se poudrèrent ; puis elles mirent des mouches et les belles robes d'or et d'argent toutes couvertes de diamans : il n'a jamais été rien de si magnifique.

Finette ignoroit le vol que ses méchantes sœurs lui avoient fait ; elle prit son sac dans le dessein de s'habiller, mais elle demeura bien affligée de ne trouver que des cailloux. Elle aperçoit en même temps ses sœurs qui s'étoient accommodées comme des soleils. Elle pleura et se plaignit de la trahison qu'elles lui avoient faite ; et elles d'en rire et de se moquer. « Est-il possible, leur dit-elle, que vous ayez le courage de me mener au château sans me parer et me faire belle ? — Nous n'en avons pas trop pour nous, répliqua Fleur-d'Amour ; tu n'auras que des coups si tu nous importunes. — Mais, continua-t-elle, ces habits que vous portez sont à moi, ma marraine me les a donnés, ils ne vous doivent rien.

— Si tu parles davantage, dirent-elles, nous allons t'assommer, et nous t'enterrerons sans que personne le sache. » La pauvre Finette n'eut garde de les agacer; elle les suivoit doucement et marchoit un peu derrière, ne pouvant passer que pour leur servante.

Plus elles approchoient de la maison, plus elle leur sembloit merveilleuse. « Ah! disoient Fleur-d'Amour et Belle-de-Nuit, que nous allons bien nous divertir! que nous ferons bonne chère! Nous mangerons à la table du roi; mais, pour Finette, elle lavera les écuelles dans la cuisine, car elle est faite comme un souillon, et, si l'on demande qui elle est, gardons-nous bien de l'appeler notre sœur : il faudra dire que c'est la petite vachère du village. » Finette, qui étoit pleine d'esprit et de beauté, se désespéroit d'être si maltraitée. Quand elles furent à la porte du château, elles frappèrent : aussitôt une vieille femme épouvantable leur vint ouvrir : elle n'avoit qu'un œil au milieu du front, mais il étoit plus grand que cinq ou six autres; le nez plat, le teint noir et la bouche si horrible qu'elle faisoit peur; elle avoit quinze pieds de haut et trente de tour. « O malheureuses! qui vous amène ici? leur dit-elle. Ignorez-vous que c'est le château de l'ogre, et qu'à peine pouvez-vous suffire pour son déjeuner? Mais je suis meilleure que mon mari; entrez, je ne vous mangerai pas tout d'un coup, vous aurez la consolation de vivre deux ou trois jours davantage. » Quand elles entendirent l'ogresse parler ainsi, elles s'enfuirent, croyant se pouvoir sauver ; mais une seule de ses enjambées en valoit cinquante des leurs : elle courut après et les reprit, les unes par les cheveux, les autres par la peau du col, et, les mettant sous son bras, elle les jeta toutes trois dans la cave, qui étoit pleine de crapauds et de couleuvres, et l'on ne marchoit que sur les os de ceux qu'ils avoient mangés.

Comme elle vouloit croquer sur-le-champ Finette, elle fut quérir du vinaigre, de l'huile et du sel pour la manger en salade ; mais elle entendit venir l'ogre, et, trouvant que les princesses avoient la peau blanche et délicate, elle résolut de les manger toute seule, et les mit promptement sous une grande cuve où elles ne voyoient que par un trou.

L'ogre étoit six fois plus haut que sa femme ; quand il parloit, la maison trembloit, et, quand il toussoit, il sembloit des éclats de tonnerre ; il n'avoit qu'un grand vilain œil, ses cheveux étoient tout hérissés ; il s'appuyoit sur une bûche dont il avoit fait une canne. Il avoit un panier couvert dans sa main : il en tira quinze petits enfans qu'il avoit volés par les chemins, et qu'il avala comme quinze œufs frais. Quand les trois princesses le virent, elles trembloient sous la cuve ; elles n'osoient pleurer bien haut, de peur qu'il ne les entendît; mais elles s'entredisoient tout bas : « Il va nous manger tout en vie; comment nous sauverons-nous? » L'ogre dit à sa femme : « Vois-tu, je sens la chair fraîche, je veux que tu me la donnes. — Bon, dit l'ogresse, tu crois toujours sentir la chair fraîche, et ce sont tes moutons qui sont passés par là. — Oh! je ne me trompe point, dit l'ogre, je sens la chair fraîche assurément; je vais chercher partout. — Cherche, dit-elle, et tu ne trouveras rien. — Si je trouve, répliqua l'ogre, et que tu me le caches, je te couperai la tête pour en faire une boule. » Elle eut peur de cette menace, et lui dit : « Ne te fâche point, mon petit ogrelet, je vais te déclarer la vérité. Il est venu aujourd'hui trois jeunes fillettes que j'ai prises; mais ce seroit dommage de les manger, car elles sçavent tout faire. Comme je suis vieille, il faut que je me repose; tu vois que notre belle maison est fort malpropre, que notre pain n'est pas cuit, que la soupe ne te semble plus si bonne, et que je ne te parois plus si belle depuis que je me tue de travailler : elles seront mes servantes; je te prie, ne les mange pas à présent; si tu en as envie quelque jour, tu en seras assez le maître. »

L'ogre eut bien de la peine à lui promettre de ne les pas manger tout à l'heure. Il disoit : « Laisse-moi faire, je n'en mangerai que deux. — Non, tu n'en mangeras pas. — Eh bien, je ne mangerai que la plus petite. » Et elle disoit : « Non, tu n'en mangeras pas une. » Enfin, après bien des contestations, il lui promit de ne les pas manger. Elle pensoit en elle-même : « Quand il ira à la chasse, je les mangerai, et je lui dirai qu'elles se sont sauvées. »

L'ogre sortit de la cave, il lui dit de les mener devant lui ; les pauvres filles étoient presque mortes de peur. L'ogresse les rassura ; et, quand il les vit, il leur demanda ce qu'elles savoient faire. Elles répondirent qu'elles savoient balayer, qu'elles savoient coudre et filer à merveille ; qu'elles faisoient de si bons ragoûts que l'on mangeoit jusques aux plats ; que pour du pain, des gâteaux et des pâtés, l'on en venoit chercher chez elles de mille lieues à la ronde. L'ogre étoit friand ; il dit : « Çà, çà, mettons vite ces bonnes ouvrières en besogne. Mais, dit-il à Finette, quand tu as mis le feu au four, comment peux-tu sçavoir s'il est assez chaud ? — Monseigneur, répliqua-t-elle, j'y jette du beurre, et puis j'y goûte avec la langue. — Eh bien, dit-il, allume donc le four. » Ce four étoit aussi grand qu'une écurie, car l'ogre et l'ogresse mangeoient plus de pain que deux armées. La princesse y fit un feu effroyable : il étoit embrasé comme une fournaise, et l'ogre, qui étoit présent, attendant le pain tendre, mangea cent agneaux et cent petits cochons de lait. Fleur-d'Amour et Belle-de-Nuit accommodoient la pâte. Le maître ogre dit : « Hé bien ! le four est-il chaud ? » Finette répondit : « Monseigneur, vous l'allez voir. » Elle jeta devant lui mille livres de beurre au fond du four, et puis elle dit : « Il faut tâter avec la langue, mais je suis trop petite. — Je suis assez grand, » dit l'ogre ; et, se baissant, il s'enfonça si avant qu'il ne pouvoit plus se retirer, de sorte qu'il brûla jusqu'aux os. Quand l'ogresse vint au four, elle demeura bien étonnée de trouver une montagne de cendre des os de son mari.

Fleur-d'Amour et Belle-de-Nuit, qui la virent fort affligée, la consolèrent de leur mieux ; mais elles craignoient que sa douleur ne s'apaisât trop tôt, et que, l'appétit lui venant, elle ne les mît en salade, comme elle avoit déjà pensé faire. Elles lui dirent : « Prenez courage, Madame, vous trouverez quelque roi ou quelque marquis qui seront heureux de vous épouser. » Elle sourit un peu, montrant des dents plus longues que le doigt. Lorsqu'elles la virent de bonne humeur, Finette lui dit : « Si vous vouliez quitter ces horribles peaux d'ours dont vous êtes habillée, vous mettre à la mode, nous vous coifferions à merveille, vous seriez comme un astre. — Voyons, dit-elle, comme tu l'entends ; mais assure-toi que, s'il y a quelques dames plus jolies que moi, je te hacherai menu comme chair à pâté. » Là-dessus les trois princesses lui ôtèrent son bonnet et se mirent à la peigner et la friser, en l'amusant de leur caquet. Finette prit une hache, et lui donna par derrière un si grand coup qu'elle sépara son corps d'avec sa tête.

Il ne fut jamais une telle allégresse : elles montèrent sur le toit de la maison pour se divertir à sonner les clochettes d'or ; elles furent dans toutes les chambres, qui étoient de perles et de diamans, et les meubles si riches qu'elles mouroient de plaisir ; elles rioient et chantoient ; rien ne leur manquoit, du blé, des confitures, des fruits et des poupées en abondance. Fleur-d'Amour et Belle-de-Nuit se couchèrent dans des lits de brocart et de velours, et s'entre-dirent : « Nous voilà plus riches que n'étoit notre père quand il avoit son royaume ; mais il nous manque d'être mariées. Il ne viendra personne ici, car cette maison passe assurément pour un coupe-gorge. On ne sçait point la mort de l'ogre et de l'ogresse ; il faut que nous allions à la plus prochaine ville nous faire voir avec nos beaux habits, et nous n'y serons pas longtemps sans trouver de bons financiers qui seront bien aises d'épouser des princesses. »

Dès qu'elles furent habillées, elles dirent à Finette qu'elles alloient se promener, qu'elle demeurât à la maison à faire le ménage et la lessive, et qu'à leur retour tout fût net et propre ; que, si elle y manquoit, elles l'assommeroient de coups. La

pauvre Finette, qui avoit le cœur serré de douleur,
resta seule au logis, balayant, nettoyant, lavant,
sans se reposer, et toujours pleurant. « Que je suis
malheureuse, disoit-elle, d'avoir désobéi à ma marraine! Il m'en arrive toutes sortes de disgraces;
mes sœurs m'ont volé mes riches habits; ils servent
à les parer. Sans moi, l'ogre et sa femme se porte-
roient encore bien; de quoi me profite de les avoir
fait mourir? N'aimerois-je pas autant qu'ils m'eussent mangée que de vivre comme je vis? » Quand
elle avoit dit cela, elle pleuroit à étouffer; puis ses
sœurs arrivoient chargées d'oranges de Portugal,
de confitures, de sucre, et elles lui disoient: «Ah!
que nous venons d'un beau bal! qu'il y avoit de
monde! Le fils du roi y dansoit; l'on nous a fait
mille honneurs. Allons, viens nous déchausser et nous
décrotter, car c'est là ton métier. » Finette obéis-
soit; et, si par hasard elle vouloit dire un mot
pour se plaindre, elles se jetoient sur elle et la
battoient à la laisser pour morte.

Le lendemain encore elles retournoient, et reve-
noient conter des merveilles. Un soir que Finette
étoit assise proche du feu sur un monceau de
cendre, ne sçachant que faire, elle cherchoit dans
les fentes de la cheminée; et, cherchant ainsi, elle
trouva une petite clef si vieille et si crasseuse
qu'elle eut toutes les peines du monde à la net-
toyer. Quand elle fut claire, elle connut qu'elle

étoit d'or, et pensa qu'une clef d'or devoit ouvrir un beau petit coffre. Elle se mit aussitôt à courir par toute la maison, essayant la clef aux serrures, et enfin elle trouva une cassette qui étoit un chef-d'œuvre. Elle l'ouvrit : il y avoit dedans des habits, des diamans, des dentelles, du linge, des rubans, pour des sommes immenses. Elle ne dit mot de sa bonne fortune ; mais elle attendit impatiemment que ses sœurs sortissent le lendemain. Dès qu'elle ne les vit plus, elle se para, de soite qu'elle étoit plus belle que le soleil et la lune.

Ainsi ajustée, elle fut au même bal où ses sœurs dansoient, et, quoiqu'elle n'eût point de masque, elle étoit si changée en mieux qu'elles ne la reconnurent pas. Dès qu'elle parut dans l'assemblée, il se leva un murmure de voix, les unes d'admiration et les autres de jalousie. On la prit pour danser : elle surpassa toutes les dames à la danse, comme elle les surpassoit en beauté. La maîtresse du logis vint à elle, et, lui ayant fait une profonde révérence, elle la pria de lui dire comment elle s'appeloit, afin de ne jamais oublier le nom d'une personne si merveilleuse. Elle lui répondit civilement qu'on la nommoit Cendron. Il n'y eut point d'amant qui ne fût infidèle à sa maîtresse pour Cendron, point de poète qui ne rimât en Cendron ; jamais petit nom ne fit tant de bruit en si peu de temps ; les échos ne répétoient que les louanges de Cendron, l'on n'avoit pas assez d'yeux pour la regarder, assez de bouches pour la louer.

Fleur-d'Amour et Belle-de-Nuit, qui avoient fait d'abord grand fracas dans les lieux où elles avoient paru, voyant l'accueil que l'on faisoit à cette nouvelle venue, en crevoient de dépit ; mais Finette se démêloit de tout cela de la meilleure grâce du monde : il sembloit à son air qu'elle n'étoit faite que pour commander. Fleur-d'Amour et Belle-de-Nuit, qui ne voyoient leur sœur qu'avec de la suie de cheminée sur le visage et plus barbouillée qu'un petit chien, avoient si fort perdu l'idée de sa beauté qu'elles ne la reconnurent point du tout ; elles faisoient leur cour à Cendron comme les autres. Dès qu'elle voyoit le bal prêt à finir, elle sortoit vite, revenoit à la maison, se déshabilloit en diligence, reprenoit ses guenilles, et, quand ses sœurs arrivoient : « Ah ! Finette ! nous venons de voir, lui disoient-elles, une jeune princesse qui est toute charmante ; ce n'est pas une guenuche comme toi, elle est blanche comme la neige, plus vermeille que les roses ; ses dents sont des perles, ses lèvres de corail ; elle a une robe qui pèse plus de mille livres, ce n'est qu'or et diamans. Qu'elle est belle ! qu'elle est aimable ! » Finette répondoit entre ses dents : *Ainsi j'étois, ainsi j'étois.* « Qu'est-ce que tu bourdonnes ? » disoient-elles. Finette répliquoit encore plus bas : *Ainsi j'étois.* Ce petit

jeu dura longtemps; il n'y eut presque pas de jour
que Finette ne changeât d'habits, car la cassette
étoit fée, et plus on y prenoit, plus il en revenoit,
et si fort à la mode que les dames ne s'habilloient
que sur son modèle.

Un soir que Finette avoit plus dansé qu'à l'ordinaire, et qu'elle avoit tardé assez tard à se retirer,
voulant réparer le temps perdu et arriver chez
elle première que ses sœurs, en marchant de toute
sa force elle laissa tomber une de ses mules, qui
étoit de velours rouge, toute brodée de perles.
Elle fit son possible pour la retrouver dans le chemin; mais le temps étoit si noir qu'elle prit une
peine inutile : elle rentra au logis un pied chaussé
et l'autre nu.

Le lendemain le prince Chéri, fils aîné du roi,
allant à la chasse, trouve la mule de Finette; il la
fait ramasser, la regarde, en admire la petitesse et
la gentillesse, la tourne, la retourne, la baise, la ché-
rit, et l'emporte avec lui. Depuis ce jour-là, il ne
mangeoit plus; il devenoit maigre et changé, jaune
comme un coing, triste, abattu. Le roi et la reine,
qui l'aimoient éperdument, envoyoient de tous côtés pour avoir de bon gibier et des confitures:
c'étoit pour lui moins que rien, il regardoit tout
cela sans répondre à la reine quand elle lui parloit.
L'on envoya quérir des médecins partout, même
jusqu'à Paris et à Montpellier; quand ils furent

arrivés, on leur fit voir le prince, et, après l'avoir
considéré trois jours et trois nuits sans le perdre de
vue, ils conclurent qu'il étoit amoureux, et qu'il
mourroit si l'on n'y apportoit remède.

La reine, qui l'aimoit à la folie, pleuroit à
fondre en eau de ne pouvoir découvrir celle qu'il
aimoit, pour lui faire épouser. Elle amenoit dans
la chambre les plus belles dames, il ne daignoit pas
les regarder. Enfin elle lui dit une fois : « Mon cher
fils, tu veux nous faire étouffer de douleur, car tu
aimes, et tu nous caches tes sentimens. Dis-nous
qui tu veux, et nous te la donnerons, quand ce ne
seroit qu'une simple bergère. » Le prince, plus hardi
par les promesses de la reine, tira la mule de des-
sous son chevet, et, l'ayant montrée : « Voilà, Madame, lui dit-il, ce qui cause mon mal ; j'ai trouvé
cette petite pouponne, mignonne, jolie mule, en
allant à la chasse : je n'épouserai jamais que celle
qui pourra la chausser. — Eh bien ! mon fils, dit la
reine, ne t'afflige point, nous la ferons chercher. »
Elle fut dire au roi cette nouvelle ; il demeura bien
surpris, et commanda en même temps que l'on fût
avec des tambours et des trompettes annoncer que
toutes les filles et les femmes vinssent pour chausser
la mule, et que celle à qui elle seroit propre épouseroit le prince. Chacune, ayant entendu de quoi
il étoit question, se décrassa les pieds avec toutes
sortes d'eaux, de pâtes et de pommades. Il y eut

4

des dames qui se les firent peler pour avoir la
peau plus belle ; d'autres jeûnoient ou se les écor-
choient, afin de les avoir plus petits. Elles alloient
en foule essayer la mule, une seule ne la pouvoit
mettre ; et plus il en venoit inutilement, plus le
prince s'affligeoit.

Fleur-d'Amour et Belle-de-Nuit se firent un
jour si braves que c'étoit une chose étonnante.
« Où allez-vous donc ? leur dit Finette. — Nous
allons à la grande ville, répondirent-elles, où le roi
et la reine demeurent, essayer la mule que le fils
du roi a trouvée : car, si elle est propre à l'une de
nous deux, il l'épousera, et nous serons reines. —
Et moi, dit Finette, n'irai-je point ? — Vraiment,
dirent-elles, tu es un bel oison bridé : va, va arroser nos choux, tu n'es propre à rien. »

Finette songea aussitôt qu'elle mettroit ses plus
beaux habits et qu'elle iroit tenter l'aventure comme
les autres, car elle avoit quelque petit soupçon
qu'elle y auroit bonne part ; ce qui lui faisoit
de la peine, c'est qu'elle ne savoit point le chemin : le bal où on alloit danser n'étoit pas dans
la grande ville. Elle s'habilla magnifique ; sa robe
étoit de satin bleu, toute couverte d'étoiles et de
diamans ; elle avoit un soleil sur la tête, une pleine
lune sur le dos ; tout cela brilloit si fort qu'on ne
la pouvoit regarder sans clignoter les yeux. Quand
elle ouvrit la porte pour sortir, elle resta bien éton-

née de retrouver le joli cheval d'Espagne qui
l'avoit portée chez sa marraine : elle le caressa et
lui dit : « Sois le bienvenu, mon petit dada, je suis
obligée à ma marraine Merluche.» Il se baissa, elle
s'assit dessus comme une nymphe : il étoit tout
couvert de sonnettes d'or et de rubans, sa housse
et sa bride n'avoient point de prix, et Finette étoit
trente fois plus belle que la belle Hélène.

Le cheval d'Espagne alloit légèrement, ses sonnettes faisoien din, din, din. Fleur-d'Amour et
Belle-de-Nuit, les ayant entendues, se retournèrent
et la virent venir; mais dans ce moment quelle fut
leur surprise! elles la reconnurent pour être Finette
Cendron. Elles étoient fort crottées, leurs beaux
habits étoient couverts de boue. « Ma sœur, s'é-
cria Fleur-d'Amour en parlant à Belle-de-Nuit,
je vous proteste que voici Finette Cendron. » L'autre s'écria tout de même ; et, Finette passant près
d'elles, son cheval les éclaboussa et leur fit un
masque de crotte ; elle se prit à rire, et leur dit :
« Altesses, Cendrillon vous méprise autant que
vous le méritez. » Puis, passant comme un trait,
la voilà partie. Belle-de-Nuit et Fleur-d'Amour
s'entreregardèrent : « Est-ce que nous rêvons?
disoient-elles; qui est-ce qui peut avoir fourni
des habits et un cheval à Finette? Quelle merveille !
Le bonheur lui en veut, elle va chausser la mule,
et nous n'aurons que la peine d'un voyage inutile. »

Pendant qu'elles se désespéroient, Finette arrive au palais. Dès qu'on la vit, chacun crut que c'étoit une reine ; les gardes prennent leurs armes, l'on bat le tambour, l'on sonne la trompette, l'on ouvre toutes les portes, et ceux qui l'avoient vue au bal alloient devant elle, disant : « Place, place ! C'est la belle Cendron, c'est la merveille de l'univers ! » Elle entre avec cet appareil dans la chambre du prince mourant ; il jette les yeux sur elle, et demeure charmé, souhaitant qu'elle eût le pied assez petit pour chausser la mule. Elle la mit tout d'un coup et montra la pareille, qu'elle avoit apportée exprès. En même temps l'on crie : « Vive la princesse Chéri ! vive la princesse qui sera notre reine ! » Le prince se leva de son lit ; il vint lui baiser les mains ; elle le trouva beau et plein d'esprit, il lui fit mille amitiés. L'on avertit le roi et la reine qui accoururent. La reine prend Finette entre ses bras, l'appelle sa fille, sa mignonne, sa petite reine ; lui fait des présens admirables, sur lesquels le roi libéral renchérit encore. L'on tire le canon ; les violons, les musettes, tout joue ; l'on ne parle que de danser et de se réjouir.

Le roi, la reine et le prince prient Cendron de se laisser marier. « Non, dit-elle, il faut avant que je vous conte mon histoire ; » ce qu'elle fit en quatre mots. Quand ils surent qu'elle étoit née princesse, c'étoit bien une autre joie : il tint à peu

qu'ils n'en mourussent. Mais, lorsqu'elle leur dit le
nom du roi son père, de la reine sa mère, ils reconnurent que c'étoient eux qui avoient conquis le
royaume : ils le lui annoncèrent, et elle jura qu'elle
ne consentiroit point à son mariage qu'ils ne ren-
dissent les États de son père. Ils le lui promirent,
car ils avoient plus de cent royaumes : un de moins
n'étoit pas une affaire.

Cependant Belle-de-Nuit et Fleur-d'Amour arrivèrent. La première nouvelle fut que Cendron
avoit mis la mule. Elles ne savoient que faire ni
que dire. Elles vouloient s'en retourner sans la voir ;
mais, quand elle sut qu'elles étoient là, elle les fit
entrer, et, au lieu de leur faire mauvais visage et
de les punir comme elles le méritoient, elle se leva
et fut au-devant d'elles les embrasser tendrement ;
puis elle les présenta à la reine, lui disant : « Madame, ce sont mes sœurs, qui sont fort aimables ;
je vous prie de les aimer. » Elles demeurèrent si
confuses de la bonté de Finette qu'elles ne pouvoient proférer un mot. Elle leur promit qu'elles
retourneroient dans leur royaume, que le prince le
vouloit rendre à leur famille. A ces mots, elles se
jetèrent à genoux devant elle, pleurant de joie.

Les noces furent les plus belles que l'on eût jamais vues. Finette écrivit à sa marraine, et mit sa
lettre avec de grands présens sur le joli cheval
d'Espagne, la priant de chercher le roi et la reine,

de leur dire son bonheur, et qu'ils n'avoient qu'à retourner dans leur royaume.

La fée Merluche s'acquitta fort bien de cette commission. Le père et la mère de Finette revinrent dans leurs États, et ses sœurs furent reines aussi bien qu'elle.

Pour tirer d'un ingrat une noble vengeance,
De la jeune Finette imite la prudence,
Ne cesse point sur lui de verser des bienfaits;
      Tous tes présens et tes services
      Sont autant de vengeurs secrets
Qui dans son cœur troublé préparent des supplices.
      Belle-de-Nuit et Fleur-d'Amour
      Sont plus cruellement punies,
Quand Finette leur fait des graces infinies,
Que si l'ogre cruel leur ravissoit le jour :
      Suis donc en tout temps sa maxime,
      Et songe, en ton ressentiment,
      Que jamais un cœur magnanime
Ne sauroit se venger plus généreusement.

LA BICHE AU BOIS

L étoit une fois un roi et une reine dont l'union étoit parfaite : ils s'aimoient tendrement, et leurs sujets les adoroient; mais il manquoit à la satisfaction des uns et des autres de leur voir un héritier. La reine, qui étoit persuadée que le roi l'aimeroit encore davantage si elle en avoit un, ne manquoit pas au printemps d'aller boire des eaux qui étoient excellentes. L'on y venoit en foule, et le nombre d'étrangers étoit si grand qu'il s'en trouvoit là de toutes les parties du monde.

Il y avoit plusieurs fontaines dans un grand bois où l'on alloit boire; elles étoient entourées de marbre et de porphyre, car chacun se piquoit de les embellir. Un jour que la reine étoit assise au bord de la fontaine, elle dit à toutes ses dames de s'éloigner et de la laisser seule; puis elle commença ses plaintes ordinaires. « Ne suis-je pas bien malheureuse, dit-elle, de n'avoir point d'enfans? Les plus pauvres femmes en ont; il y a cinq ans que j'en demande au Ciel, je n'ai pu encore le toucher. Mourrai-je sans avoir cette satisfaction? »

Comme elle parloit ainsi, elle remarqua que l'eau de la fontaine s'agitoit; puis une grosse écrevisse parut, et lui dit : « Grande reine, vous aurez enfin ce que vous désirez. Je vous avertis qu'il y a ici proche un palais superbe que les fées ont bâti; mais il est impossible de le trouver, parce qu'il est environné de nuées fort épaisses, que l'œil d'une personne mortelle ne peut pénétrer; cependant, comme je suis votre très-humble servante, si vous voulez vous fier à la conduite d'une pauvre écrevisse, je m'offre de vous y mener. »

La reine l'écoutoit sans l'interrompre, la nouveauté de voir parler une écrevisse l'ayant fort surprise. Elle lui dit qu'elle accepteroit avec plaisir ses offres, sans qu'elle ne sçavoit pas aller en reculant comme elle. L'écrevisse sourit, et sur-le-champ elle prit la figure d'une belle petite vieille. « Eh bien! Madame, lui dit-elle, n'allons pas à reculons, j'y consens; mais surtout regardez-moi comme une de vos amies, car je ne souhaite que ce qui peut vous être avantageux. »

Elle sortit de la fontaine sans être mouillée; ses

habits étoient blancs, doublés de cramoisi, et ses
cheveux gris tous renoués de rubans verts. Il ne
s'est guère vu de vieille dont l'air fût plus galant.
Elle salua la reine, et elle en fut embrassée ; et, sans
tarder davantage, elle la conduisit dans une route
du bois qui surprit cette princesse : car, encore
qu'elle y fût venue mille et mille fois, elle n'étoit
jamais entrée dans celle-là. Comment y seroit-elle
entrée ? C'étoit le chemin des fées pour aller à la
fontaine : il étoit ordinairement fermé de ronces et
d'épines ; mais, quand la reine et sa conductrice
parurent, aussitôt les rosiers poussèrent des roses,
les jasmins et les orangers entrelacèrent leurs
branches pour faire un berceau couvert de feuilles
et de fleurs ; la terre fut couverte de violettes ; mille
oiseaux différens chantoient à l'envi sur les arbres.

La reine n'étoit pas encore revenue de sa surprise, lorsque ses yeux furent frappés par l'éclat
sans pareil d'un palais tout de diamans : les murs et
les toits, les plafonds, les planchers, les degrés, les
balcons, jusqu'aux terrasses, tout étoit de diamans.
Dans l'excès de son admiration, elle ne put s'empêcher de pousser un grand cri, et de demander à
la galante vieille qui l'accompagnoit si ce qu'elle
voyoit étoit un songe ou une réalité. « Rien n'est
plus réel, Madame », répliqua-t-elle. Aussitôt les
portes du palais s'ouvrirent, il en sortit six fées ;
mais quelles fées ? les plus belles et les plus magni-

fiques qui aient jamais paru dans leur empire. Elles
vinrent toutes faire une profonde révérence à la
reine, et chacune lui présenta une fleur de pierreries pour lui faire un bouquet : il y avoit une rose,
une tulipe, une anémone, une ancolie, un œillet
et une grenade. « Madame, lui dirent-elles, nous ne
pouvons pas vous donner une plus grande marque
de notre considération qu'en vous permettant de
nous venir voir ici ; mais nous sommes bien aises
de vous annoncer que vous aurez une belle princesse que vous nommerez Desirée : car l'on doit
avouer qu'il y a longtemps que vous la désirez. Ne
manquez pas, aussitôt qu'elle sera au monde, de
nous appeler, parce que nous voulons la douer de
toutes sortes de bonnes qualités ; vous n'aurez
qu'à prendre le bouquet que nous vous donnons,
et nommer chaque fleur en pensant à nous ;
soyez certaine qu'aussitôt nous serons dans votre
chambre. »

La reine, transportée de joie, se jeta à leur cou,
et les embrassades durèrent plus d'une grosse demi-
heure. Après cela elles prièrent la reine d'entrer
dans leur palais, dont on ne peut faire une assez
belle description ; elles avoient pris pour le bâtir
l'architecte du soleil : il avoit fait en petit ce que
celui du soleil est en grand. La reine, qui n'en soutenoit l'éclat qu'avec peine, fermoit à tous momens
les yeux. Elles la conduisirent dans leur jardin : il

n'a jamais été de si beaux fruits ; les abricots étoient
plus gros que la tête, et l'on ne pouvoit manger
une cerise sans la couper en quatre, d'un goût si
exquis qu'après que la reine en eut mangé, elle
ne voulut de sa vie en manger d'autres. Il y avoit
un verger tout d'arbres confits, qui ne laissoient
pas d'avoir vie et de croître comme les autres.

De dire tous les transports de la reine, combien
elle parla de la petite princesse Désirée, combien
elle remercia les aimables personnes qui lui annon-
çoient une si agréable nouvelle, c'est ce que je
n'entreprendrai point ; mais enfin il n'y eut aucuns
termes de tendresse et de reconnoissance oubliés.
La fée de la fontaine y trouva toute la part qu'elle
méritoit, la reine demeura jusqu'au soir dans le
palais ; elle aimoit la musique, on lui fit entendre
des voix qui lui parurent célestes ; on la chargea de
présens ; et, après avoir remercié ces grandes dames,
elle revint avec la fée de la fontaine.

Toute sa maison étoit très en peine d'elle : on
la cherchoit avec beaucoup d'inquiétude, on ne
pouvoit imaginer en quel lieu elle étoit ; ils craignoient même que quelques étrangers audacieux
ne l'eussent enlevée, car elle avoit de la beauté et
de la jeunesse ; de sorte que chacun témoigna une
joie extrême de son retour ; et, comme elle ressentoit de son côté une satisfaction infinie des bonnes
espérances qu'on venoit de lui donner, elle avoit

une conversation agréable et brillante qui charmoit tout le monde.

La fée de la fontaine la quitta proche de chez elle ; les complimens et les caresses redoublèrent à leur séparation ; et la reine, étant restée encore huit jours aux eaux, ne manqua pas de retourner au palais des fées avec sa coquette vieille, qui paroissoit d'abord en écrevisse, et puis qui prenoit sa forme naturelle.

La reine partit ; elle devint grosse, et mit au monde une princesse qu'elle appela Désirée. Aussitôt elle prit le bouquet qu'elle avoit reçu ; elle nomma toutes les fleurs l'une après l'autre, et sur-le-champ on vit arriver les fées. Chacune avoit son chariot de différente matière : l'un étoit d'ébène, tiré par des pigeons blancs ; d'autres d'ivoire, que de petits corbeaux traînoient ; d'autres encore, de cèdre et de cananbour. C'étoit là leur équipage d'alliance et de paix : car, lorsqu'elles étoient fâchées, ce n'étoient que des dragons volans, que des couleuvres qui jetoient le feu par la gueule et par les yeux ; que lions, que léopards, que panthères, sur lesquels elles se transportoient d'un bout du monde à l'autre en moins de temps qu'il n'en faut pour dire bonjour ou bonsoir ; mais cette fois-ci elles étoient de la meilleure humeur qu'il est possible.

La reine les vit entrer dans sa chambre avec un

air gai et majestueux; leurs nains et leurs naines
les suivoient, tous chargés de présens. Après qu'elles
eurent embrassé la reine et baisé la petite princesse, elles déployèrent sa layette, dont la toile étoit
si fine et si bonne qu'on pouvoit s'en servir cent
ans sans l'user : les fées la filoient à leurs heures de
loisir. Pour les dentelles, elles surpassoient encore
ce que j'ai dit de la toile : toute l'histoire du monde
y étoit représentée, soit à l'aiguille, ou au fuseau.
Après cela elles montrèrent les langes et les couvertures, qu'elles avoient brodés exprès : l'on y voyoit
représentés mille jeux différens auxquels les enfans
s'amusent. Depuis qu'il y a des brodeurs et des
brodeuses, il ne s'est rien vu de si merveilleux ; mais,
quand le berceau parut, la reine s'écria d'admiration, car il surpassoit encore tout ce qu'elle avoit
vu jusqu'alors. Il étoit d'un bois si rare qu'il coûtoit cent mille écus la livre. Quatre petits amours
le soutenoient : c'étoient quatre chefs-d'œuvre, où
l'art avoit tellement surpassé la matière, quoiqu'elle
fût de diamans et de rubis, que l'on n'en peut assez
parler. Ces petits amours avoient été animés par
les fées, de sorte que, lorsque l'enfant crioit, ils le
berçoient et l'endormoient ; cela étoit d'une commodité merveilleuse pour les nourrices.

Les fées prirent elles-mêmes la petite princesse
sur leurs genoux, elles l'emmaillotèrent et lui donnèrent plus de cent baisers : car elle étoit déjà si belle

qu'on ne pouvoit la voir sans l'aimer. Elles remar-
quèrent qu'elle avoit besoin de téter ; aussitôt elles
frappèrent la terre avec leur baguette, il parut une
nourrice telle qu'il la falloit pour cet aimable pou-
pard. Il ne fut plus question que de douer l'enfant ;
les fées s'empressèrent de le faire : l'une le doua de
vertu, et l'autre d'esprit ; la troisième, d'une beauté
miraculeuse ; celle d'après, d'une heureuse fortune ;
la cinquième lui désira une longue santé, et la
dernière, qu'elle fît bien toutes les choses qu'elle
entreprendroit.

La reine, ravie, les remercioit mille et mille fois
des faveurs qu'elles venoient de faire à la petite
princesse, lorsque l'on vit entrer dans la chambre
une si grosse écrevisse que la porte fut à peine
assez large pour qu'elle pût passer. « Ah ! trop ingrate reine, dit l'écrevisse, vous n'avez donc pas
daigné vous souvenir de moi ? Est-il possible que
vous ayez sitôt oublié la fée de la fontaine et les
bons offices que je vous ai rendus en vous menant
chez mes sœurs ? Quoi ! vous les avez toutes appe-
lées, je suis la seule que vous négligez ! Il est certain que j'en avois un pressentiment, et c'est ce
qui m'obligea de prendre la figure d'une écrevisse
lorsque je vous parlai la première fois, voulant
marquer par là que votre amitié, au lieu d'avancer,
reculeroit. »

La reine, inconsolable de la faute qu'elle avoit

faite, l'interrompit, et lui demanda pardon : elle
lui dit qu'elle avoit cru nommer sa fleur comme
celle des autres ; que c'étoit le bouquet de pierreries qui l'avoit trompée ; qu'elle n'étoit pas capable d'oublier les obligations qu'elle lui avoit ;
qu'elle la supplioit de ne lui point ôter son amitié,
et particulièrement d'être favorable à la princesse.
Toutes les fées, qui craignoient qu'elle ne la douât
de misères et d'infortunes, secondèrent la reine
pour l'adoucir. « Ma chère sœur, lui disoient-elles,
que Votre Altesse ne soit point fâchée contre une
reine qui n'a jamais eu dessein de vous déplaire ;
quittez, de grâce, cette figure d'écrevisse, faites
que nous vous voyions avec tous vos charmes. »

J'ai déjà dit que la fée de la fontaine étoit
assez coquette ; les louanges que ses sœurs lui
donnèrent l'adoucirent un peu. « Eh bien, dit-
elle, je ne ferai pas à Désirée tout le mal que
j'avois résolu, car assurément j'avois envie de la
perdre, et rien n'auroit pu m'en empêcher ; cependant je veux bien vous avertir que, si elle voit le
jour avant l'âge de quinze ans, elle aura lieu de
s'en repentir, il lui en coûtera peut-être la vie. » Les
pleurs de la reine et les prières des illustres fées
ne changèrent point l'arrêt qu'elle venoit de pro-
noncer ; elle se retira à reculons, car elle n'avoit
pas voulu quitter sa robe d'écrevisse.

Dès qu'elle fut éloignée de la chambre, la triste

reine demanda aux fées un moyen pour préserver
sa fille des maux qui la menaçoient. Elles tinrent
aussitôt conseil, et enfin, après avoir agité plusieurs
avis différens, elles s'arrêtèrent à celui-ci : qu'il
falloit bâtir un palais sans portes ni fenêtres, y faire
une entrée souterraine, et nourrir la princesse dans
ce lieu jusqu'à l'âge fatal où elle étoit menacée.

Trois coups de baguette commencèrent et fini-
rent ce grand édifice. Il étoit de marbre blanc et
vert par dehors ; les plafonds et les planchers de
diamans et d'émeraudes, qui formoient des fleurs,
des oiseaux et mille choses agréables. Tout étoit
tapissé de velours de différentes couleurs, brodé de
la main des fées ; et, comme elles étoient savantes
dans l'histoire, elles s'étoient fait un plaisir de tra-
cer les plus belles et les plus remarquables : l'avenir
n'y étoit pas moins présent que le passé ; les actions
héroïques du plus grand roi du monde remplis-
soient plusieurs tentures.

> Ici du démon de la Thrace
> Il a le port victorieux ;
> Les éclairs redoublés qui partent de ses yeux
> Marquent sa belliqueuse audace.
> Là, plus tranquille et plus serein,
> Il gouverne la France en une paix profonde ;
> Il fait voir par ses lois que le reste du monde
> Lui doit envier son destin.
> Par les peintres les plus habiles,
> Il y paroissoit peint avec ses divers traits ;
> Redoutable en prenant des villes,
> Généreux en faisant la paix.

Ces sages fées avoient imaginé ce moyen pour apprendre plus aisément à la jeune princesse les divers événemens de la vie des héros et des autres hommes.

L'on ne voyoit chez elle que par la lumière des bougies; mais il y en avoit une si grande quantité qu'elles faisoient un jour perpétuel. Tous les maîtres dont elle avoit besoin pour se rendre parfaite furent conduits en ce lieu : son esprit, sa vivacité et son adresse prévenoient presque toujours ce qu'ils vouloient lui enseigner, et chacun d'eux demeuroit dans une admiration continuelle des choses surprenantes qu'elle disoit, dans un âge où les autres savent à peine nommer leur nourrice; aussi n'est-on pas doué par les fées pour demeurer ignorante et stupide.

Si son esprit charmoit tous ceux qui l'approchoient, sa beauté n'avoit pas des effets moins puissans; elle ravissoit les plus insensibles, et la reine sa mère ne l'auroit jamais quittée de vue, si son devoir ne l'avoit pas attachée auprès du roi. Les bonnes fées venoient voir la princesse de temps en temps; elles lui apportoient des raretés sans pareilles, des habits si bien entendus, si riches et si galans, qu'ils sembloient avoir été faits pour la noce d'une jeune princesse qui n'est pas moins aimable que celle dont je parle. Mais, entre toutes les fées qui la chérissoient, Tulipe l'aimoit davan-

tage, et recommandoit plus soigneusement à la
reine de ne lui pas laisser voir le jour avant qu'elle
eût quinze ans. « Notre sœur de la fontaine est vindicative, lui disoit-elle; quelque intérêt que nous
prenions en cet enfant, elle lui fera du mal si elle
peut; ainsi, Madame, vous ne sauriez être trop
vigilante là-dessus. » La reine lui promettoit de
veiller sans cesse à une affaire si importante; mais,
comme sa chère fille approchoit du temps où elle
devoit sortir de ce château, elle la fit peindre; son
portrait fut porté dans les plus grandes cours de
l'univers. A sa vue il n'y eut aucun prince qui se
défendît de l'admirer; mais il y en eut un qui en
fut si touché qu'il ne pouvoit plus s'en séparer. Il
le mit dans son cabinet; il s'enfermoit avec lui, et,
lui parlant comme s'il eût été sensible, qu'il eût pu
l'entendre, il lui disoit les choses du monde les
plus passionnées.

Le roi, qui ne voyoit presque plus son fils, s'informa de ses occupations et de ce qui pouvoit
l'empêcher de paroître aussi gai qu'à son ordinaire.
Quelques courtisans, trop empressés de parler, car
il y en a plusieurs de ce caractère, lui dirent qu'il
étoit à craindre que le prince ne perdît l'esprit,
parce qu'il demeuroit des jours entiers enfermé
dans son cabinet, où l'on entendoit qu'il parloit
seul comme s'il eût été avec quelqu'un.

Le roi reçut cet avis avec inquiétude. « Est-il

possible, disoit-il à ses confidens, que mon fils perde la raison ? Il en a toujours tant marqué ! Vous savez l'admiration qu'on a eue pour lui jusqu'à présent, et je ne trouve encore rien d'égaré dans ses yeux, il me paroît seulement plus triste ; il faut que je l'entretienne, je démêlerai peut-être de quelle sorte de folie il est attaqué. »

En effet il l'envoya quérir ; il commanda qu'on se retirât, et, après plusieurs choses auxquelles il n'avoit pas une grande attention, et auxquelles aussi il répondit assez mal, le roi lui demanda ce qu'il pouvoit avoir pour que son humeur et sa personne fussent si changées. Le prince, croyant ce moment favorable, se jeta à ses pieds : « Vous avez résolu, lui dit-il, de me faire épouser la princesse Noire : vous trouverez des avantages dans son alliance, que je ne puis vous promettre dans celle de la princesse Désirée ; mais, Seigneur, je trouve des charmes dans celle-ci, que je ne rencontrerai point dans l'autre. — Et où les avez-vous vus ? dit le roi. — Les portraits de l'une et de l'autre m'ont été apportés, répliqua le prince Guerrier (c'est ainsi qu'on le nommoit depuis qu'il avoit gagné trois grandes batailles) ; je vous avoue que j'ai pris une si forte passion pour la princesse Désirée que, si vous ne retirez les paroles que vous avez données à la Noire, il faut que je meure, heureux de cesser de vivre en perdant l'espérance d'être à ce que j'aime.

— C'est donc avec son portrait, reprit gravement
le roi, que vous prenez en gré de faire des conversations qui vous rendent ridicule à tous les courtisans? Ils vous croient insensé, et, si vous saviez ce
qu m'est revenu là-dessus, vous auriez honte de
marquer tant de foiblesse. — Je ne puis me reprocher
une si belle flamme, répondit-il ; lorsque vous aurez
vu le portrait de cette charmante princesse, vous
approuverez ce que je sens pour elle. — Allez donc
le quérir tout à l'heure », dit le roi avec un air
d'impatience qui faisoit assez connoitre son chagrin.
Le prince en auroit eu de la peine, s'il n'avoit pas
été certain que rien au monde ne pouvoit égaler la
beauté de Désirée. Il courut dans son cabinet, et
revint chez le roi; il demeura presque aussi enchanté que son fils : « Ah ! dit-il, mon cher Guerrier,
je consens à ce que vous souhaitez, je rajeunirai
lorsque j'aurai une si aimable princesse à ma cour;
je vais dépêcher sur-le-champ des ambassadeurs à
celle de la Noire, pour retirer ma parole : quand
je devrois avoir une rude guerre contre elle, j'aime
mieux m'y résoudre. »

Le prince baisa respectueusement les mains de
son père, et lui embrassa plus d'une fois les genoux.
Il avoit tant de joie qu'on le reconnoissoit à peine;
il pressa le roi de dépêcher des ambassadeurs non
seulement à la Noire, mais aussi à Désirée, et
il souhaita qu'il choisît pour cette dernière l'homme

le plus capable et le plus riche, parce qu'il falloit
paroître dans une occasion si célèbre, et persuader
ce qu'il désiroit. Le roi jeta les yeux sur Becafigue :
c'étoit un jeune seigneur très éloquent, qui avoit
cent millions de rente. Il aimoit passionnément le
prince Guerrier; il fit, pour lui plaire, le plus grand
équipage et la plus belle livrée qu'il pût imaginer.
Sa diligence fut extrême : car l'amour du prince
augmentoit chaque jour, et sans cesse il le conjuroit de partir. « Songez, lui disoit-il confidemment,
qu'il y va de ma vie, que je perds l'esprit lorsque
je pense que le père de cette princesse peut prendre
des engagemens avec quelque autre, sans vouloir
les rompre en ma faveur, et que je la perdrois pour
jamais. » Becafigue le rassuroit afin de gagner du
temps, car il étoit bien aise que sa dépense lui fît
honneur. Il mena quatre-vingts carrosses tout brillans d'or et de diamans; la miniature la mieux
finie n'approche pas de celle qui les ornoit; il y
avoit cinquante autres carrosses, vingt-quatre mille
pages à cheval, plus magnifiques que des princes,
et le reste de ce grand cortège ne se démentoit en
rien.

Lorsque l'ambassadeur prit son audience de congé
du prince, il l'embrassa étroitement. « Souvenez-
vous, mon cher Becafigue, lui dit-il, que ma vie
dépend du mariage que vous allez négocier; n'ou-
bliez rien pour persuader, et amenez l'aimable prin-

cesse que j'adore. » Il le chargea aussitôt de mille présens où la galanterie égaloit la magnificence : ce n'étoient que devises amoureuses, gravées sur des cachets de diamant ; des montres dans des escarboucles, chargées des chiffres de Désirée ; des bracelets de rubis taillés en cœur. Enfin que n'avoit-il pas imaginé pour lui plaire !

L'ambassadeur portoit le portrait de ce jeune prince, qui avoit été peint par un homme si savant qu'il parloit et faisoit de petits complimens pleins d'esprit. A la vérité, il ne répondoit pas à tout ce qu'on lui disoit ; mais il ne s'en falloit guère. Becafigue promit au prince de ne rien négliger pour sa satisfaction, et il ajouta qu'il portoit tant d'argent que, si on lui refusoit la princesse, il trouveroit le moyen de gagner quelqu'une de ses femmes, et de l'enlever. « Ah ! s'écria le prince, je ne puis m'y résoudre : elle seroit offensée d'un procédé si peu respectueux. » Becafigue ne répondit rien là-dessus, et partit.

Le bruit de son voyage prévint son arrivée ; le roi et la reine en furent ravis : ils estimoient beaucoup son maître, et savoient les grandes actions du prince Guerrier ; mais ce qu'ils connoissoient encore mieux, c'étoit son mérite personnel, de sorte que, quand ils auroient cherché dans tout l'univers un mari pour leur fille, ils n'auroient su en trouver un plus digne d'elle. On prépara un palais pour loger

Becafigue, et l'on donna tous les ordres nécessaires pour que la cour parût dans la dernière magnificence.

Le roi et la reine avoient résolu que l'ambassadeur verroit Désirée; mais la fée Tulipe vint trouver la reine, et lui dit : « Gardez-vous bien, Madame, de mener Becafigue chez notre enfant (c'est ainsi qu'elle nommoit la princesse), il ne faut pas qu'il la voie si tôt, et ne consentez point à l'envoyer chez le roi qui la demande qu'elle n'ait passé quinze ans : car je suis assurée que, si elle part plus tôt, il lui arrivera quelque malheur. » La reine, embrassant la bonne Tulipe, lui promit de suivre ses conseils, et sur-le-champ elles allèrent voir la princesse.

L'ambassadeur arriva : son équipage demeura vingt-trois heures à passer, car il avoit six cent mille mulets, dont les clochettes et les fers étoient d'or, leurs couvertures de velours et de brocart en broderie de perles; c'étoit un embarras sans pareil dans les rues, tout le monde étoit accouru pour le voir. Le roi et la reine allèrent au-devant de lui, tant ils étoient aises de sa venue. Il est inutile de parler de la harangue qu'il fit, et des cérémonies qui se passèrent de part et d'autre, on peut assez les imaginer; mais, lorsqu'il demanda à saluer la princesse, il demeura bien surpris que cette grâce lui fût déniée. « Si nous vous refusons, lui dit le roi,

seigneur Becafigue, une chose qui paroît si juste,
ce n'est point par un caprice qui nous soit particulier; il faut vous raconter l'étrange aventure de
notre fille, afin que vous y preniez part.

« Une fée, au moment de sa naissance, la prit en
aversion, et la menaça d'une très grande infortune
si elle voyoit le jour avant l'âge de quinze ans;
nous la tenons dans un palais où les plus beaux
appartemens sont sous terre. Comme nous étions
dans la résolution de vous y mener, la fée Tulipe
nous a prescrit de n'en rien faire. — Eh quoi! Sire,
répliqua l'ambassadeur, aurai-je le chagrin de m'en
retourner sans elle? Vous l'accordez au roi mon
maître pour son fils, elle est attendue avec mille
impatiences : est-il possible que vous vous arrêtiez
à des bagatelles comme sont les prédictions des
fées? Voilà le portrait du prince Guerrier que j'ai
ordre de lui présenter; il est si ressemblant, que
je crois le voir lui-même lorsque je le regarde. » Il
le déploya aussitôt; le portrait, qui n'étoit instruit
que pour parler à la princesse, dit : « Belle Désirée,
vous ne pouvez imaginer avec quelle ardeur je vous
attends; venez bientôt dans notre cour l'orner des
grâces qui vous rendent incomparable. » Le portrait
ne dit plus rien; le roi et la reine demeurèrent si
surpris qu'ils prièrent Becafigue de le leur donner
pour le porter à la princesse; il en fut ravi, et le
remit entre leurs mains.

La reine n'avoit point parlé jusqu'alors à sa fille de ce qui se passoit; elle avoit même défendu aux dames qui étoient auprès d'elle de lui rien dire de l'arrivée de l'ambassadeur : elles ne lui avoient pas obéi, et la princesse savoit qu'il s'agissoit d'un grand mariage; mais elle étoit si prudente qu'elle n'en avoit rien témoigné à sa mère. Quand elle lui montra le portrait du prince, qui parloit, et qui lui fit un compliment aussi tendre que galant, elle en fut fort surprise : car elle n'avoit rien vu d'égal à cela, et la bonne mine du prince, l'air d'esprit, la régularité de ses traits, ne l'étonnoient pas moins que ce que disoit le portrait. « Seriez-vous fâchée, lui dit la reine en riant, d'avoir un époux qui ressemblât à ce prince? — Madame, répliqua-t-elle, ce n'est point à moi à faire un choix; ainsi je serai toujours contente de celui que vous me destinerez. — Mais enfin, ajouta la reine, si le sort tomboit sur lui, ne vous estimeriez-vous pas heureuse? » Elle rougit, baissa les yeux, et ne répondit rien. La reine la prit entre ses bras, et la baisa plusieurs fois : elle ne put s'empêcher de verser des larmes lorsqu'elle pensa qu'elle étoit sur le point de la perdre, car il ne s'en falloit plus que de trois mois qu'elle eût quinze ans; et, cachant son déplaisir, elle lui déclara tout ce qui la regardoit dans l'ambassade du célèbre Becafigue, elle lui donna même les raretés qu'il avoit apportées pour lui présenter. Elle

les admira, elle loua avec beaucoup de goût ce
qu'il y avoit de plus curieux; mais de temps en
temps ses regards s'échappoient pour s'attacher
sur le portrait du prince avec un plaisir qui lui
avoit été inconnu jusques alors.

L'ambassadeur, voyant qu'il faisoit des instances
inutiles pour qu'on lui donnât la princesse, et qu'on
se contentoit de la lui promettre, mais si solennel-
lement qu'il n'y avoit pas lieu d'en douter, demeura peu auprès du roi, et retourna en poste
rendre compte à ses maîtres de sa négociation.

Quand le prince sut qu'il ne pouvoit espérer sa
chère Désirée de plus de trois mois, il fit des
plaintes qui affligèrent toute la cour; il ne dormoit plus, il ne mangeoit point : il devint triste et
rêveur, la vivacité de son teint se changea en couleur de soucis; il demeuroit des jours entiers couché
sur un canapé dans son cabinet à regarder le portrait de sa princesse : il lui écrivoit à tous momens,
et présentoit les lettres à ce portrait, comme s'il
eût été capable de les lire; enfin ses forces dimi-
nuèrent peu à peu, il tomba dangereusement malade,
et pour en deviner la cause il ne falloit ni médecins ni docteurs.

Le roi se désespéroit, il aimoit son fils plus tendrement que jamais père n'a aimé le sien. Il se
trouvoit sur le point de le perdre : quelle douleur
pour un père ! il ne voyoit aucuns remèdes qui pus-

sent guérir le prince; il souhaitoit Désirée, sans elle il falloit mourir. Il prit donc la résolution, dans une si grande extrémité, d'aller trouver le roi et la reine qui l'avoient promise, pour les conjurer d'avoir pitié de l'état où le prince étoit réduit, et de ne plus différer un mariage qui ne se feroit jamais s'ils vouloient obstinément attendre que la princesse eût quinze ans.

Cette démarche étoit extraordinaire; mais elle l'auroit été bien davantage s'il eût laissé périr un fils si aimable et si cher. Cependant il se trouva une difficulté qui étoit insurmontable : c'est que son grand âge ne lui permettoit que d'aller en litière, et cette voiture s'accordoit mal avec l'impatience de son fils; de sorte qu'il envoya en poste le fidèle Becafigue, et il écrivit les lettres du monde les plus touchantes pour engager le roi et la reine à ce qu'il souhaitoit.

Pendant ce temps, Désirée n'avoit guère moins de plaisir à voir le portrait du prince qu'il en avoit à regarder le sien. Elle alloit à tous momens dans le lieu où il étoit, et, quelque soin qu'elle prît de cacher ses sentimens, on ne laissoit pas de les pénétrer : entre autres Giroflée et Longue-Épine, qui étoient ses filles d'honneur, s'aperçurent des petites inquiétudes qui commençoient à la tourmenter. Giroflée l'aimoit passionnément et lui étoit fidèle; Longue-Épine de tout temps sentoit une

jalousie secrète de son mérite et de son rang ; sa
mère avoit élevé la princesse ; après avoir été sa
gouvernante, elle devint sa dame d'honneur : elle
auroit dû l'aimer comme la chose du monde la plus
aimable, quoiqu'elle chérît sa fille jusqu'à la folie ;
et, voyant la haine qu'elle avoit pour la belle princesse, elle ne pouvoit lui vouloir du bien.

L'ambassadeur que l'on avoit dépêché à la cour
de la princesse Noire ne fut pas bien reçu lorsqu'on
apprit le compliment dont il étoit chargé ; cette
Éthiopienne étoit la plus vindicative créature du
monde ; elle trouva que c'étoit la traiter cavalière-
ment, après avoir pris des engagemens avec elle,
de lui envoyer dire ainsi qu'on la remercioit. Elle
avoit vu un portrait du prince dont elle s'étoit en-
têtée, et les Éthiopiennes, quand elles se mêlent
d'aimer, aiment avec plus d'extravagance que les
autres. « Comment, Monsieur l'ambassadeur, dit-
elle, est-ce que votre maître ne me croit pas assez
riche et assez belle ? Promenez-vous dans mes États,
vous trouverez qu'il n'en est guère de plus vastes ;
venez dans mon trésor royal, voir plus d'or que
toutes les mines du Pérou n'en ont jamais fourni ;
enfin regardez la noirceur de mon teint, ce nez
écrasé, ces grosses lèvres : n'est-ce pas ainsi qu'il
faut être pour être belle ? — Madame, répondit
l'ambassadeur, qui craignoit les bâtonnades (plus que
tous ceux qu'on envoie à la Porte), je blâme mon

maître autant qu'il est permis à un sujet, et, si le
Ciel m'avoit mis sur le premier trône de l'univers,
je sais vraiment bien à qui je l'offrirois. — Cette parole vous sauvera la vie, lui dit-elle : j'avois résolu
de commencer ma vengeance sur vous; mais il y
auroit de l'injustice, puisque vous n'êtes pas cause
du mauvais procédé de votre prince. Allez lui dire
qu'il me fait plaisir de rompre avec moi, parce que
je n'aime pas les malhonnêtes gens. » L'ambassadeur, qui ne demandoit pas mieux que son congé,
l'eut à peine obtenu qu'il en profita.

Mais l'Éthiopienne étoit trop piquée contre le
prince Guerrier pour lui pardonner; elle monta
dans un char d'ivoire, traîné par six autruches, qui
faisoient dix lieues par heure. Elle se rendit au palais de la fée de la fontaine; c'étoit sa marraine et
sa meilleure amie : elle lui raconta son aventure, et
la pria avec les dernières instances de servir son
ressentiment. La fée fut sensible à la douleur de sa
filleule : elle regarda dans le livre qui dit tout, et
elle connut aussitôt que le prince Guerrier ne quit-
toit la princesse Noire que pour la princesse Désirée; qu'il l'aimoit éperdument, et qu'il étoit
même malade de la seule impatience de la voir.
Cette connoissance ralluma sa colère, qui étoit
presque éteinte; et, comme elle ne l'avoit pas vue
depuis le moment de sa naissance, il est à croire
qu'elle auroit négligé de lui faire du mal si la vin-

dicative Noiron ne l'en avoit pas conjurée. « Quoi !
s'écria-t-elle, cette malheureuse Désirée veut donc
toujours me déplaire? Non, charmante princesse,
non, ma mignonne, je ne souffrirai pas qu'on te
fasse un affront; les cieux et tous les élémens s'inté-
ressent dans cette affaire, retourne chez toi, et te
repose sur ta chère marraine. » La princesse Noire
la remercia; elle lui fit des présens de fleurs et de
fruits qu'elle reçut fort agréablement.

L'ambassadeur Becafigue s'avançoit en toute
diligence vers la ville capitale où le père de Désirée
faisoit son séjour; il se jeta aux pieds du roi et de
la reine : il versa beaucoup de larmes, et leur dit,
dans les termes les plus touchans que le prince
Guerrier mourroit s'ils lui retardoient plus longtemps le plaisir de voir la princesse leur fille; qu'il
ne s'en falloit plus que de trois mois qu'elle eût
quinze ans; qu'il ne lui pouvoit rien arriver de fâ-
cheux dans un espace si court; qu'il prenoit la liberté de les avertir qu'une si grande crédulité pour
de petites fées faisoit tort à la majesté royale;
enfin il harangua si bien qu'il eut le don de persuader. L'on pleura avec lui, se représentant le
triste état où le jeune prince étoit réduit, et puis
on lui dit qu'il falloit quelques jours pour se déter-
miner et lui répondre. Il repartit qu'il ne pouvoit
donner que quelques heures; que son maître étoit
à l'extrémité; qu'il s'imaginoit que la princesse le

haïssoit, et que c'étoit elle qui retardoit son voyage :
on l'assura donc que le soir il sauroit ce qu'on pouvoit faire.

La reine courut au palais de sa chère fille : elle
lui conta tout ce qui se passoit. Désirée sentit alors
une douleur sans pareille, son cœur se serra, elle
s'évanouit ; et la reine connut les sentimens qu'elle
avoit pour le prince. « Ne vous affligez point, ma
chère enfant, lui dit-elle, vous pouvez tout pour
sa guérison, je ne suis inquiète que pour les menaces que la fée de la fontaine fit à votre naissance.
— Je me flatte, Madame, répliqua-t-elle, qu'en
prenant quelques mesures nous tromperons la méchante fée ; par exemple, ne pourrois-je pas aller
dans un carrosse tout fermé où je ne verrois point
le jour ? On l'ouvriroit la nuit pour nous donner à
manger ; ainsi j'arriverois heureusement chez le
prince Guerrier. »

La reine goûta beaucoup cet expédient, elle en
fit part au roi qui l'approuva aussi ; de sorte qu'on
envoya dire à Becafigue de venir promptement, et
il reçut des assurances certaines que la princesse
partiroit au plus tôt ; qu'ainsi il n'avoit qu'à s'en
retourner pour donner cette bonne nouvelle à son
maître, et que, pour se hâter davantage, on négli-
geroit de lui faire l'équipage et les riches habits
qui convenoient à son rang. L'ambassadeur, transporté de joie, se jeta encore aux pieds de Leurs

Majestés pour les remercier; il partit ensuite sans
avoir vu la princesse.

La séparation du roi et de la reine lui auroit
semblé insupportable si elle avoit été moins pré-
venue en faveur du prince; mais il est de certains
sentimens qui étouffent presque tous les autres.
On lui fit un carrosse de velours vert par dehors,
orné de grandes plaques d'or, et par dedans, de
brocart argent et couleur de rose rebrodé; il n'y
avoit aucunes glaces, il étoit fort grand, il fermoit
mieux qu'une boîte, et un seigneur des premiers du
royaume fut chargé des clefs qui ouvroient les serrures qu'on avoit mises aux portières.

> Autour d'elle on voyoit les Grâces,
> Les Ris, les Plaisirs et les Jeux,
> Et les Amours respectueux
> Empressés à suivre ses traces;
> Elle avoit l'air majestueux,
> Avec une douceur céleste;
> Elle s'attiroit tous les vœux.
> Sans conter ici tout le reste,
> Elle avoit les mêmes attraits
> Que fit briller Adélaïde
> Quand, l'Hymen lui servant de guide,
> Elle vint dans ces lieux pour cimenter la paix.

L'on nomma peu d'officiers pour l'accompagner,
afin qu'une nombreuse suite n'embarrassât point;
et, après lui avoir donné les plus belles pierreries
du monde, et quelques habits très riches, après,
dis-je, des adieux qui pensèrent faire étouffer le

roi, la reine et toute la cour, à force de pleurer, on l'enferma dans le carrosse sombre avec sa dame d'honneur, Longue-Épine et Giroflée.

On a peut-être oublié que Longue-Épine n'aimoit point la princesse Désirée; mais elle aimoit fort le prince Guerrier, car elle avoit vu son portrait parlant. Le trait qui l'avoit blessée étoit si vif qu'étant sur le point de partir, elle dit à sa mère qu'elle mourroit si le mariage de la princesse s'accomplissoit, et que, si elle vouloit la conserver, il falloit absolument qu'elle trouvât un moyen de rompre cette affaire. La dame d'honneur lui dit de ne se point affliger, qu'elle tâcheroit de remédier à sa peine en la rendant heureuse.

Lorsque la reine envoya sa chère enfant, elle la recommanda au delà de tout ce qu'on peut dire à cette mauvaise femme. « Quel dépôt ne vous confié-je pas! lui dit-elle. C'est plus que ma vie : prenez soin de la santé de ma fille, mais surtout soyez soigneuse d'empêcher qu'elle ne voie le jour. Tout seroit perdu : vous savez de quels maux elle est menacée, et je suis convenue avec l'ambassadeur du prince Guerrier que, jusqu'à ce qu'elle ait quinze ans, on la mettroit dans un château où elle ne verra aucune lumière que celle des bougies. » La reine combla cette dame de présens, pour l'engager à une plus grande exactitude. Elle lui promit de veiller à la conservation de la princesse et de lui en

8

ı endre bon compte aussitôt qu'elles seroient arrivées.

Ainsi le roi et la reine, se reposant sur ses soins, n'eurent point d'inquiétude pour leur chère fille ; cela servit en quelque façon à modérer la douleur que son éloignement leur causoit ; mais Longue-Épine, qui apprenoit tous les soirs, par les officiers de la princesse qui ouvroient le carrosse pour lui servir à souper, que l'on approchoit de la ville où elles étoient attendues, pressoit sa mère d'exécuter son dessein, craignant que le roi ou le prince ne vinssent au-devant d'elle, et qu'il ne fût plus temps ; de sorte qu'environ l'heure de midi, où le soleil darde ses rayons avec force, elle coupa tout d'un coup l'impériale du carrosse où elles étoient renfermées avec un grand couteau fait exprès, qu'elle avoit apporté. Alors, pour la première fois, la princesse Désirée vit le jour. A peine l'eut-elle regardé, et poussé un profond soupir, qu'elle se précipita du carrosse sous la forme d'une biche blanche et se mit à courir jusqu'à la forêt prochaine, où elle s'enfonça dans un lieu sombre, pour y regretter, sans témoins, la charmante figure qu'elle venoit de perdre.

La fée de la fontaine, qui conduisoit cette étrange aventure, voyant que tous ceux qui accompagnoient la princesse se mettoient en devoir, les uns de la suivre et les autres d'aller à la ville, pour avertir le prince Guerrier du malheur qui venoit d'arriver,

sembla aussitôt bouleverser la nature; les éclairs et
le tonnerre effrayèrent les plus assurés, et, par son
merveilleux savoir, elle transporta tous ces gens
fort loin, afin de les éloigner du lieu où leur présence lui déplaisoit.

Il ne resta que la dame d'honneur, Longue-Épine
et Giroflée. Celle-ci courut après sa maîtresse, faisant retentir les bois et les rochers de son nom et
de ses plaintes. Les deux autres, ravies d'être en
liberté, ne perdirent pas un moment à faire ce
qu'elles avoient projeté. Longue-Épine mit les plus
riches habits de Désirée. Le manteau royal qui
avoit été fait pour ses noces étoit d'une richesse
sans pareille, et la couronne avoit des diamans
deux ou trois fois gros comme le poing; son sceptre
étoit d'un seul rubis; le globe qu'elle tenoit dans
l'autre main, d'une perle plus grosse que la tête :
cela étoit rare et très lourd à porter, mais il falloit
persuader qu'elle étoit la princesse, et ne rien négliger de tous les ornemens royaux.

En cet équipage, Longue-Épine, suivie de sa
mère qui portoit la queue de son manteau, s'ache-
mine vers la ville. Cette fausse princesse marchoit
gravement, elle ne doutoit pas que l'on ne vînt les
recevoir; et en effet elles n'étoient guère avancées
quand elles aperçurent un gros de cavalerie, et au
milieu deux litières brillantes d'or et de pierreries,
portées par des mulets ornés de longs panaches de

plumes vertes (c'étoit la couleur favorite de la princesse). Le roi qui étoit dans l'une, et le prince malade dans l'autre, ne savoient que juger de ces dames qui venoient à eux. Les plus empressés galopèrent vers elles, et jugèrent par la magnificence de leurs habits qu'elles devoient être des personnes de distinction. Ils mirent pied à terre et les abordèrent respectueusement. « Obligez-moi de m'apprendre, leur dit Longue-Épine, qui est dans ces litières. — Mesdames, répliquèrent-ils, c'est le roi et le prince son fils qui viennent au-devant de la princesse Désirée. — Allez, je vous prie leur dire, continua-t-elle, que la voici ; une fée, jalouse de mon bonheur a dispersé tous ceux qui m'accompagnoient par une centaine de coups de tonnerre, d'éclairs et de prodiges surprenans ; mais voici ma dame d'honneur, qui est chargée des lettres du roi mon père et de mes pierreries. »

Aussitôt ces cavaliers lui baisèrent le bas de sa robe, et furent en diligence annoncer au roi que la princesse approchoit. « Comment ! s'écria-t-il, elle vient à pied en plein jour ! » Ils lui racontèrent ce qu'elle leur avoit dit. Le prince, brûlant d'impatience, les appela, et, sans leur faire aucune question : « Avouez, leur dit-il, que c'est un prodige de beauté, un miracle, une princesse tout accomplie. » Ils ne répondirent rien, et surprirent le prince. « Pour avoir trop à louer, continua-t-il, vous aimez mieux vous taire? — Seigneur, vous l'allez voir, lui dit le plus hardi d'entre eux ; apparemment que la fatigue du voyage l'a changée. » Le prince demeura surpris ; s'il avoit été moins foible, il se seroit précipité de la litière pour satisfaire son impatience et sa curiosité. Le roi descendit de la sienne, et, s'avançant avec toute la cour, il joignit la fausse princesse ; mais, aussitôt qu'il eut jeté les yeux sur elle, il poussa un grand cri, et, reculant quelques pas : « Que vois-je? dit-il. Quelle perfidie ! — Sire, dit la dame d'honneur en s'avançant hardiment, voici la princesse Désirée avec les lettres du roi et de la reine ; je remets aussi entre vos mains la cassette de pierreries dont ils me chargèrent en partant. »

Le roi gardoit à tout cela un morne silence, et le prince, s'appuyant sur Becafigue, s'approcha de Longue-Épine. O dieux ! que devint-il après avoir considéré cette fille, dont la taille extraordinaire faisoit peur ! Elle étoit si grande, que les habits de la princesse lui couvroient à peine les genoux ; sa maigreur étoit affreuse ; son nez, plus crochu que celui d'un perroquet, brilloit d'un rouge luisant ; il n'a jamais été de dents plus noires et plus mal rangées ; enfin elle étoit aussi laide que Désirée étoit belle.

Le prince, qui n'étoit occupé que de la charmante idée de sa princesse, demeura transi et comme immobile à la vue de celle-ci ; il n'avoit pas la force de proférer une parole , il la regardoit avec étonnement, et, s'adressant ensuite au roi : « Je suis trahi, lui dit-il; ce merveilleux portrait sur lequel j'engageai ma liberté n'a rien de la personne qu'on nous envoie; l'on a cherché à nous tromper, l'on y a réussi, il m'en coûtera la vie. — Comment l'entendez-vous, Seigneur? dit Longue-Épine; l'on a cherché à vous tromper? Sachez que vous ne le serez jamais en m'épousant. » Son effronterie et sa fierté n'avoient pas d'exemple. La dame d'honneur renchérissoit encore par-dessus. « Ah! ma belle princesse, s'écrioit-elle, où sommes-nous venues? est-ce ainsi que l'on reçoit une personne de votre rang? Quelle inconstance! quel procédé! Le roi votre père en saura bien tirer raison. — C'est nous qui nous la ferons faire, répliqua le roi : il nous avoit promis une belle princesse, il nous envoie un squelette, une momie qui fait peur. Je ne m'étonne plus qu'il ait gardé ce beau trésor caché pendant quinze ans : il vouloit attraper quelque dupe; c'est sur nous que le sort est tombé, mais il n'est pas impossible de s'en venger.

— Quels outrages ! s'écria la fausse princesse; ne suis-je pas bien malheureuse d'être venue sur la parole de telles gens? Voyez que l'on a grand tort de s'être fait peindre un peu plus belle que l'on n'est! Cela n'arrive-t-il pas tous les jours? Si pour

tels inconvéniens les princes renvoyoient leurs
fiancées, peu se marieroient. »

Le roi et le prince, transportés de colère, ne
daignèrent pas lui répondre : ils remontèrent
chacun dans leur litière, et, sans autre cérémonie,
un garde du corps mit la princesse en trousse derrière lui, et la dame d'honneur fut traitée de même.
On les mena dans la ville ; par ordre du roi elles
furent enfermées dans le château des Trois-
Pointes.

Le prince Guerrier avoit été si accablé du coup
qui venoit de le frapper que son affliction s'étoit
toute renfermée dans son cœur. Lorsqu'il eut assez
de force pour se plaindre, que ne dit-il pas sur sa
cruelle destinée ! Il étoit toujours amoureux, et
n'avoit pour tout objet de sa passion qu'un portrait. Ses espérances ne subsistoient plus, toutes
les idées si charmantes qu'il s'étoit faites sur la
princesse Désirée se trouvoient échouées ; il auroit mieux aimé mourir que d'épouser celle qu'il
prenoit pour elle ; enfin, jamais désespoir n'a été
égal au sien : il ne pouvoit plus souffrir la cour, et
il résolut, dès que sa santé put le lui permettre, de
s'en aller secrètement, et de se rendre dans quelque lieu solitaire pour y passer le reste de sa triste
vie.

Il ne communiqua son dessein qu'au fidèle Becafigue : il étoit bien persuadé qu'il le suivroit par-

tout, et il le choisit pour parler avec lui plus souvent qu'avec un autre du mauvais tour qu'on lui avoit joué. A peine commença-t-il à se porter mieux qu'il partit, et laissa une grande lettre pour le roi sur la table de son cabinet, l'assurant qu'aussitôt que son esprit seroit un peu tranquillisé il reviendroit auprès de lui; mais qu'il le supplioit, en attendant, de penser à leur commune vengeance, et de retenir toujours la laide princesse prisonnière.

Il est aisé de juger de la douleur qu'eut le roi lorsqu'il reçut cette lettre. La séparation d'un fils si cher pensa le faire mourir. Pendant que tout le monde étoit occupé à le consoler, le prince et Becafigue s'éloignoient, et au bout de trois jours ils se trouvèrent dans une vaste forêt, si sombre par l'épaisseur des arbres, si agréable par la fraîcheur de l'herbe et des ruisseaux qui couloient de tous côtés, que le prince, fatigué de la longueur du chemin, car il étoit encore malade, descendit de cheval et se jeta tristement sur la terre, sa main sous sa tête, ne pouvant presque parler, tant il étoit foible. « Seigneur, lui dit Becafigue, pendant que vous allez vous reposer, je vais chercher quelques fruits pour vous rafraîchir, et reconnoître un peu le lieu où nous sommes. » Le prince ne lui répondit rien, il lui témoigna seulement par un signe qu'il le pouvoit.

Il y a longtemps que nous avons laissé la Biche au bois, je veux parler de l'incomparable princesse. Elle pleura en biche désolée lorsqu'elle vit sa figure dans une fontaine qui lui servoit de miroir : « Quoi ! c'est moi ! disoit-elle, c'est aujourd'hui que je me trouve réduite à subir la plus étrange aventure qui puisse arriver du règne des fées à une innocente princesse telle que je suis ! Combien durera ma métamorphose? Où me retirer pour que les lions, les ours et les loups ne me dévorent point? Comment pourrai-je manger de l'herbe? » Enfin elle se faisoit mille questions, et ressentoit la plus cruelle douleur qu'il est possible. Il est vrai que, si quelque chose pouvoit la consoler, c'est qu'elle étoit une aussi belle biche qu'elle avoit été belle princesse.

La faim pressant Désirée, elle brouta l'herbe de bon appétit, et demeura surprise que cela pût être. Ensuite elle se coucha sur la mousse ; la nuit la surprit : elle la passa avec des frayeurs inconcevables. Elle entendoit les bêtes féroces proche d'elle ; et souvent, oubliant qu'elle étoit biche, elle essayoit de grimper sur un arbre. La clarté du jour la rassura un peu, elle admiroit sa beauté, et le soleil lui paroissoit quelque chose de si merveilleux qu'elle ne se lassoit point de le regarder : tout ce qu'elle en avoit entendu dire lui sembloit fort au-dessous de ce qu'elle voyoit ; c'étoit l'unique consolation qu'elle pouvoit trouver dans un lieu si désert. Elle y resta toute seule pendant plusieurs jours.

La fée Tulipe, qui avoit toujours aimé cette princesse, ressentoit vivement son malheur ; mais elle avoit un véritable dépit que la reine et elle eussent fait si peu de cas de ses avis, car elle leur avoit dit plusieurs fois que, si la princesse partoit avant que d'avoir quinze ans, elle s'en trouveroit mal ; cependant elle ne vouloit point l'abandonner aux furies de la fée de la fontaine, et ce fut elle qui conduisit les pas de Giroflée vers la forêt, afin que cette nouvelle confidente pût la consoler dans sa disgrâce.

Cette belle Biche passoit doucement le long d'un ruisseau, quand Giroflée, qui ne pouvoit presque marcher, se coucha pour se reposer. Elle rêvoit tristement de quel côté elle pourroit aller pour trouver sa chère princesse. Lorsque la Biche l'aperçut, elle franchit tout d'un coup le ruisseau, qui étoit large et profond, elle vint se jeter sur Giroflée et lui faire mille caresses. Elle en demeura surprise : elle ne savoit si les bêtes de ce canton avoient quelque amitié particulière pour les hommes, qui les rendît humaines, ou si elle la connoissoit : car enfin il étoit fort singulier qu'une biche s'avisât de faire si bien les honneurs de la forêt.

Elle la regarda attentivement, et vit, avec une
extrême surprise, de grosses larmes qui couloient
de ses yeux : elle ne douta plus que ce ne fût sa
chère princesse. Elle prit ses pieds, elle les baisa
avec autant de respect et de tendresse qu'elle avoit
baisé ses mains. Elle lui parla, et connut que la
Biche l'entendoit, mais qu'elle ne pouvoit lui répondre ; les larmes et les soupirs redoublèrent de
part et d'autre. Giroflée promit à sa maîtresse
qu'elle ne la quitteroit point ; la Biche lui fit mille
petits signes de la tête et des yeux, qui marquoient
qu'elle en seroit très aise et qu'elle la consoleroit
d'une partie de ses peines.

Elles étoient demeurées presque tout le jour
ensemble. Bichette eut peur que sa fidèle Giroflée
n'eût besoin de manger ; elle la conduisit dans un
endroit de la forêt où elle avoit remarqué des
fruits sauvages, qui ne laissoient pas d'être bons.
Elle en prit quantité, car elle mouroit de faim ;
mais, après que sa collation fut finie, elle tomba
dans une grande inquiétude, ne sachant où elles
se retireroient pour dormir : car de rester au milieu de la forêt, exposées à tous les périls qu'elles
pouvoient courir, il n'étoit pas possible de s'y résoudre. « N'êtes-vous point effrayée, charmante
Biche, lui dit-elle, de passer la nuit ici ? » La Biche
leva les yeux vers le ciel, et soupira. « Mais, continua Giroflée, vous avez déjà parcouru une partie

de cette vaste solitude : n'y a-t-il point de mai-
sonnettes, un charbonnier, un bûcheron, un ermi-
tage ? » La Biche marqua, par les mouvemens de sa
tête, qu'elle n'avoit rien vu. « O Dieux ! s'écria
Giroflée, je ne serai pas en vie demain : quand
j'aurois le bonheur d'éviter les tigres et les ours, je
suis certaine que la peur suffit pour me tuer. Et ne
croyez pas au reste, ma chère princesse, que je
regrette la vie par rapport à moi ; je la regrette
par rapport à vous. Hélas ! vous laisser dans ces
lieux dépourvue de toute consolation ! se peut-il
rien de plus triste ? » La petite Biche se prit à
pleurer, elle sanglotoit presque comme une personne.

Ses larmes touchèrent la fée Tulipe, qui l'aimoit
tendrement ; malgré sa désobéissance, elle avoit
toujours veillé à sa conservation, et, paroissant
tout à coup : « Je ne veux point vous gronder,
lui dit-elle ; l'état où je vous vois me fait trop de
peine. » Bichette et Giroflée l'interrompirent en
se jetant à ses genoux : la première lui baisoit les
mains, et la caressoit le plus joliment du monde ;
l'autre la conjuroit d'avoir pitié de la princesse, et
de lui rendre sa figure naturelle. « Cela ne dépend
pas de moi, dit Tulipe ; celle qui lui fait tant de
mal a beaucoup de pouvoir ; mais j'accourcirai le
temps de sa pénitence ; et, pour l'adoucir, aussitôt
que la nuit laissera sa place au jour, elle quittera

sa forme de biche; mais à peine l'aurore paroî-
tra-t-elle qu'il faudra qu'elle la 'reprenne, et
qu'elle coure les plaines et les forêts comme les
autres. »

C'étoit déjà beaucoup de cesser d'être biche
pendant la nuit : la princesse témoigna sa joie par
des sauts et des bonds qui réjouirent Tulipe.
« Avancez-vous, leur dit-elle, dans ce petit sentier : vous y trouverez une cabane assez propre
pour un endroit champêtre. » En achevant ces
mots, elle disparut. Giroflée obéit, elle entra avec
Bichette dans la route qu'elles voyoient, et elles
trouvèrent une vieille femme assise sur le pas de sa
porte, qui achevoit un panier d'osier fin. Giroflée
la salua. « Voudriez-vous, ma bonne mère, lui
dit-elle, me retirer avec ma biche? Il me faudroit
une petite chambre. — Oui, ma belle fille, répondit-elle, je vous donnerai volontiers une retraite ici : entrez avec votre biche. » Elle les mena
aussitôt dans une chambre très jolie, toute boisée
de merisier; il y avoit deux petits lits de toile blanche, des draps fins, et tout paroissoit si simple et
si propre que la princesse a dit depuis qu'elle
n'avoit rien trouvé de plus à son gré.

Dès que la nuit fut entièrement venue, Désirée
cessa d'être biche : elle embrassa cent fois sa chère
Giroflée, elle la remercia de l'affection qui l'enga-
geoit à suivre sa fortune, et lui promit qu'elle ren-

droit la sienne très heureuse dès que sa pénitence
seroit finie.

La vieille vint frapper doucement à leur porte,
et sans entrer elle donna des fruits excellens à
Giroflée, dont la princesse mangea avec grand
appétit; ensuite elles se couchèrent; et, sitôt que le
jour parut, Désirée, étant devenue biche, se mit à
gratter à la porte afin que Giroflée lui ouvrît.
Elles se témoignèrent un sensible regret de se séparer, quoique ce ne fût pas pour longtemps, et,
Bichette s'étant élancée dans le plus épais du bois,
elle commença d'y courir à son ordinaire.

J'ai déjà dit que le prince Guerrier s'étoit arrêté
dans la forêt, et que Becafigue la parcouroit pour
trouver quelques fruits. Il étoit assez tard lorsqu'il
se rendit à la maisonnette de la bonne vieille dont
j'ai parlé. Il lui parla civilement, et lui demanda
les choses dont il avoit besoin pour son maître.
Elle se hâta d'emplir une corbeille et la lui donna.
« Je crains, dit-elle, que, si vous passez la nuit ici
sans retraite, il ne vous arrive quelque accident :
je vous en offre une bien pauvre, mais au moins
elle met à l'abri des lions. » Il la remercia, et lui dit
qu'il étoit avec un de ses amis, qu'il alloit lui proposer de venir chez elle. En effet, il sut si bien
persuader le prince qu'il se laissa conduire chez
cette bonne femme. Elle étoit encore à sa porte,
et, sans faire aucun bruit, elle les mena dans une

chambre semblable à celle que la princesse occu-
poit, si proches l'une de l'autre qu'elles n'étoient
séparées que par une cloison.

Le prince passa la nuit avec ses inquiétudes ordinaires. Dès que les premiers rayons du soleil eurent brillé à ses fenêtres, il se leva, et, pour divertir
sa tristesse, il sortit dans la forêt, disant à Becafigue de ne point venir avec lui. Il marcha longtemps sans tenir aucune route certaine ; enfin il
arriva dans un lieu assez spacieux, couvert d'arbres
et de mousses. Aussitôt une biche en partit. Il ne
put s'empêcher de la suivre : son penchant domi-
nant étoit pour la chasse ; mais il n'étoit plus si vif
depuis la passion qu'il avoit dans le cœur. Malgré
cela, il poursuivit la pauvre Biche, et de temps en
temps il lui décochoit des traits qui la faisoient
mourir de peur, quoiqu'elle n'en fût pas blessée :
car son amie Tulipe la garantissoit, et il ne falloit
pas moins que la main secourable d'une fée pour
la préserver de périr sous des coups si justes. L'on
n'a jamais été aussi lasse que l'étoit la princesse des
biches : l'exercice qu'elle faisoit lui étoit bien nouveau ; enfin elle se détourna à un sentier si heureusement que le dangereux chasseur, la perdant
de vue, et se trouvant lui-même extrêmement fatigué, ne s'obstina pas à la suivre.

Le jour s'étant passé de cette manière, la Biche
vit avec joie l'heure de se retirer ; elle tourna ses

pas vers la maison où Giroflée l'attendoit impatiemment. Dès qu'elle fut dans sa chambre, elle se jeta sur le lit haletante : elle étoit tout en nage. Giroflée lui fit mille caresses; elle mouroit d'envie de savoir ce qui lui étoit arrivé. L'heure de se débichonner étant arrivée, la belle princesse reprit sa forme ordinaire, jetant les bras au cou de sa favorite. « Hélas! lui dit-elle, je croyois n'avoir à craindre que la fée de la fontaine et les cruels hôtes des forêts; mais j'ai été poursuivie aujourd'hui par un jeune chasseur, que j'ai vu à peine, tant j'étois pressée de fuir : mille traits décochés après moi me menaçoient d'une mort inévitable, j'ignore encore par quel bonheur j'ai pu m'en sauver. — Il ne faut plus sortir, ma princesse, répliqua Giroflée : passez dans cette chambre le temps fatal de votre pénitence; j'irai dans la ville la plus proche acheter des livres pour vous divertir, nous lirons les contes nouveaux que l'on a faits sur les fées, nous ferons des vers et des chansons. — Tais-toi, ma chère fille, reprit la princesse, la charmante idée du prince Guerrier suffit pour m'occuper agréablement; mais le même pouvoir qui me réduit pendant le jour à la triste condition de biche me force malgré moi de faire ce qu'elles font : je cours, je saute et je mange l'herbe comme elles; dans ce temps-là une chambre me seroit insupportable. » Elle étoit si harassée de la chasse qu'elle demanda promptement à manger; ensuite ses beaux yeux se fermèrent jusqu'au lever de l'aurore. Dès qu'elle l'aperçut, la métamorphose ordinaire se fit, et elle retourna dans la forêt.

Le prince, de son côté, étoit venu sur le soir rejoindre son favori. « J'ai passé le temps, lui dit-il, à courir après la plus belle biche que j'aie jamais vue; elle m'a trompé cent fois avec une adresse merveilleuse; j'ai tiré si juste que je ne comprends point comment elle a évité mes coups : aussitôt qu'il sera jour, j'irai la chercher encore, et ne la manquerai point. » En effet ce jeune prince, qui vouloit éloigner de son cœur une idée qu'il croyoit chimérique, n'étant pas fâché que la passion de la chasse l'occupât, se rendit de bonne heure dans le même endroit où il avoit trouvé la biche; mais elle se garda bien d'y aller, craignant une aventure semblable à celle qu'elle avoit eue. Il jeta les yeux de tous côtés, il marcha longtemps, et, comme il s'étoit échauffé, il fut ravi de trouver des pommes dont la couleur lui fit plaisir : il en cueillit, il en mangea, et presque aussitôt il s'endormit d'un profond sommeil; il se jeta sur l'herbe fraîche, sous des arbres où mille oiseaux sembloient s'être donné rendez-vous.

Dans le temps qu'il dormoit, notre craintive Biche, avide des lieux écartés, passa dans celui où il étoit. Si elle l'avoit aperçu plus tôt, elle l'auroit fui; mais elle se trouva si proche de lui qu'elle ne put s'empêcher de le regarder, et son assoupissement la rassura si bien qu'elle se donna le loisir de considérer tous ses traits. O dieux! que devint-elle quand elle le reconnut! Son esprit étoit trop rempli de sa charmante idée pour l'avoir perdue en si peu de temps. Amour, amour, que veux-tu donc? Faut-il que Bichette s'expose à perdre la vie par les mains de son amant? Oui, elle s'y expose, il n'y a plus moyen de songer à sa sûreté. Elle se coucha à quelques pas de lui, et ses yeux, ravis de le voir, ne pouvoient s'en détourner un moment : elle soupiroit, elle poussoit de petits gémissemens; enfin, devenant plus hardie, elle s'approcha encore davantage; elle le touchoit lorsqu'il s'éveilla.

Sa surprise parut extrême; il reconnut la même biche qui lui avoit donné tant d'exercice, et qu'il avoit cherchée longtemps; mais la trouver si familière lui paroissoit une chose rare. Elle n'attendit pas qu'il eût essayé de la prendre, elle s'enfuit de toute sa force, et il la suivit de toute la sienne. De temps en temps ils s'arrêtoient pour reprendre haleine, car la belle biche étoit encore lasse d'avoir couru la veille, et le prince ne l'étoit pas moins qu'elle; mais ce qui ralentissoit le plus la fuite de Bichette! hélas, faut-il le dire? c'étoit la peine de s'éloigner de celui qui l'avoit plus blessée par son mérite que par les traits qu'il tiroit sur elle. Il la

voyoit très souvent qui tournoit la tête sur lui,
comme pour lui demander s'il vouloit qu'elle pérît
sous ses coups, et, lorsqu'il étoit sur le point de la
joindre, elle faisoit de nouveaux efforts pour se
sauver. « Ah ! si tu pouvois m'entendre, petite
biche, lui crioit-il, tu ne m'éviterois pas : je t'aime,
je veux te nourrir; tu es charmante, j'aurai soin de
toi. » L'air emportoit ses paroles, elles n'alloient
point jusqu'à elle.

Enfin, après avoir fait tout le tour de la forêt,
notre Biche, ne pouvant plus courir, ralentit ses
pas, et le prince, redoublant les siens, la joignit
avec une joie dont il ne croyoit plus être capable.
Il vit bien qu'elle avoit perdu toutes ses forces :
elle étoit couchée comme une pauvre petite bête
demi-morte, et elle n'attendoit que de voir finir sa
vie par les mains de son vainqueur; mais, au lieu
de lui être cruel, il se mit à la caresser. « Belle
biche, lui dit-il, n'aie point de peur, je veux t'emmener avec moi, et que tu me suives partout. » Il
coupa exprès des branches d'arbre, il les plia
adroitement, il les couvrit de mousse, il y jeta des
roses dont quelques buissons étoient chargés; ensuite il prit la biche entre ses bras, il appuya sa
tête sur son cou, et vint la coucher doucement sur
ces ramées; puis il s'assit auprès d'elle, cherchant
de temps en temps des herbes fines, qu'il lui présentoit, et qu'elle mangeoit dans sa main.

Le prince continuoit de lui parler, quoiqu'il fût
persuadé qu'elle ne l'entendoit pas; cependant,
quelque plaisir qu'elle eût de le voir, elle s'inquié-
toit parce que la nuit s'approchoit. « Que seroit-
ce, disoit-elle en elle-même, s'il me voyoit changer
tout d'un coup de forme? Il seroit effrayé et me
fuiroit; ou, s'il ne me fuyoit pas, que n'aurois-je
pas à craindre ainsi seule dans une forêt ! » Elle ne
faisoit que penser de quelle manière elle pourroit
se sauver, lorsqu'il lui en fournit le moyen : car,
ayant peur qu'elle n'eût besoin de boire, il alla
voir où il pourroit trouver quelque ruisseau afin de
l'y conduire; pendant qu'il cherchoit, elle se dé-
roba promptement, et vint à la maisonnette, où
Giroflée l'attendoit. Elle se jeta encore sur son lit;
la nuit vint, sa métamorphose cessa, elle lui apprit
son aventure.

« Le croirois-tu, ma chère, lui dit-elle, mon
prince Guerrier est dans cette forêt : c'est lui qui
m'a chassée 'depuis deux jours, et qui, m'ayant
prise, m'a fait mille caresses. Ah ! que le portrait
qu'on m'en apporta est peu fidèle ! il est cent fois
mieux fait : tout le désordre où l'on voit les chasseurs ne dérobe rien à sa bonne mine, et lui con-
serve des agrémens que je ne saurois t'exprimer. Ne
suis-je pas bien malheureuse d'être obligée de fuir
ce prince, lui qui m'est destiné par mes plus proches, lui qui m'aime et que j'aime? Il faut qu'une

méchante fée me prenne en aversion le jour de ma
naissance et trouble tous ceux de ma vie. » Elle
se prit à pleurer; Giroflée la consola, et lui fit
espérer que dans quelque temps ses peines seroient
changées en plaisirs.

Le prince revint vers sa chère biche dès qu'il
eut trouvé une fontaine; mais elle n'étoit plus au
lieu où il l'avoit laissée. Il la chercha inutilement
partout, et sentit autant de chagrin contre elle
que si elle avoit dû avoir de la raison. « Quoi!
s'écria-t-il, je n'aurai donc jamais que des sujets de
me plaindre de ce sexe trompeur et infidèle? » Il
retourna chez la bonne vieille, plein de mélan-
colie : il conta à son confident l'aventure de Bichette, et l'accusa d'ingratitude. Becafigue ne put
s'empêcher de sourire de la colère du prince; il
lui conseilla de punir la biche quand il la rencon-
treroit. « Je ne reste plus ici que pour cela, répondit le prince, ensuite nous partirons pour aller
plus loin. »

Le jour revint, et avec lui la princesse reprit sa
figure de biche blanche. Elle ne savoit à quoi se
résoudre, ou d'aller dans les mêmes lieux que le
prince parcouroit ordinairement, ou de prendre
une route tout opposée pour l'éviter. Elle choisit ce
dernier parti, et s'éloigna beaucoup; mais le jeune
prince, qui étoit aussi fin qu'elle, en usa tout de
même, croyant bien qu'elle auroit cette petite ruse;

de sorte qu'il la découvrit dans le plus épais de la forêt. Elle s'y trouvoit en sûreté, lorsqu'elle l'aperçut : aussitôt elle bondit, elle saute par-dessus les buissons, et, comme si elle l'eût appréhendé davantage à cause du tour qu'elle lui avoit fait le soir, elle fuit plus légère que les vents ; mais, dans le moment qu'elle traversoit un sentier, il la mire si bien qu'il lui enfonce une flèche dans la jambe. Elle sentit une douleur violente, et, n'ayant plus assez de force pour fuir, elle se laissa tomber.

Amour cruel et barbare, où étois-tu donc? Quoi! tu laisses blesser une fille incomparable par son tendre amant? Cette triste catastrophe étoit inévitable, car la fée de la fontaine y avoit attaché la fin de l'aventure. Le prince s'approcha, il eut un sensible regret de voir couler le sang de la biche : il prit des herbes, il les lia sur sa jambe pour la soulager, et lui fit un nouveau lit de ramée. Il tenoit la tête de Bichette appuyée sur ses genoux. « N'es-tu pas cause, petite volage, lui disoit-il, de ce qui t'est arrivé? Que t'avois-je fait hier pour m'abandonner? Il n'en sera pas aujourd'hui de même, je t'emporterai. » La Biche ne répondit rien : qu'auroit-elle dit? Elle avoit tort et ne pouvoit parler : car ce n'est pas toujours une conséquence que ceux qui ont tort se taisent. Le prince lui faisoit mille caresses. « Que je souffre de t'avoir blessée! lui disoit-il : tu me haïras, et je veux que

tu m'aimes. » Il sembloit, à l'entendre, qu'un secret génie lui inspiroit tout ce qu'il disoit à Bichette. Enfin l'heure de revenir chez sa vieille
hôtesse approchoit : il se chargea de sa chasse, et
n'étoit pas médiocrement embarrassé à la porter, à
la mener, et quelquefois à la traîner. Elle n'avoit
envie d'aller avec lui. « Qu'est-ce que je vais devenir? disoit-elle. Quoi! je me trouverai toute
seule avec ce prince! Ah! mourons plutôt. » Elle
faisoit la pesante et l'accabloit, il étoit tout en eau
de tant de fatigue ; et, quoiqu'il n'y eût pas loin
pour se rendre à la petite maison, il sentoit bien
que sans quelque secours il n'y pourroit arriver.
Il fut querir son fidèle Becafigue; mais, avant que
de quitter sa proie, il l'attacha avec plusieurs rubans au pied d'un arbre, dans la crainte qu'elle ne
s'enfuit.

Hélas! qui auroit pu penser que la plus belle
princesse du monde seroit un jour traitée ainsi
par un prince qui l'adoroit? Elle essaya inutilement
d'arracher les rubans ; ses efforts les nouèrent plus
serrés, et elle étoit prête de s'étrangler avec un
nœud coulant qu'il avoit malheureusement fait,
lorsque Giroflée, lasse d'être toujours enfermée
dans sa chambre, sortit pour prendre l'air, et passa
dans le lieu où étoit la Biche blanche qui se débat-
toit. Que devint-elle quand elle aperçut sa chère
maîtresse ! Elle ne pouvoit se hâter assez de la dé-

faire ; les rubans étoient noués par différens endroits ; enfin le prince arriva avec Becafigue comme
elle alloit emmener la Biche.

« Quelque respect que j'aie pour vous, Madame,
lui dit le prince, permettez-moi de m'opposer au
larcin que vous voulez me faire : j'ai blessé cette
biche, elle est à moi , je l'aime, je vous supplie de
m'en laisser le maître. — Seigneur, répliqua civilement Giroflée (car elle étoit bien faite et gracieuse), la biche que voici est à moi avant que
d'être à vous ; je renoncerois aussitôt à ma vie qu'à
elle ; et, si vous voulez voir comme elle me connoît, je ne vous demande que de lui donner un peu
de liberté. « Allons, ma petite Blanche, dit-elle, em-
brassez-moi. » Bichette se jeta à son cou. « Baisez-moi
la joue droite. » Elle obéit. « Touchez mon cœur. »
Elle y porta le pied. « Soupirez. » Elle soupira. Il ne
fut plus permis au prince de douter de ce que
Giroflée lui disoit. « Je vous la rends, lui dit-il
honnêtement ; mais j'avoue que ce n'est pas sans
chagrin. » Elle s'en alla aussitôt avec sa biche.

Elles ignoroient que le prince demeuroit dans
leur maison ; il les suivoit d'assez loin, et demeura
surpris de les voir entrer chez la vieille bonne
femme. Il s'y rendit fort peu après elles, et, poussé
d'un mouvement de curiosité, dont Biche blanche
étoit cause, il lui demanda qui étoit cette jeune
personne ; elle répliqua qu'elle ne la connoissoit

pas, qu'elle l'avoit reçue chez elle avec sa biche, qu'elle la payoit bien, et qu'elle vivoit dans une grande solitude. Becafigue s'informa en quel lieu étoit sa chambre : elle lui dit que c'étoit si proche de la sienne qu'elle n'étoit séparée que par une cloison.

Lorsque le prince fut retiré, son confident lui dit qu'il étoit le plus trompé des hommes, ou que cette fille avoit demeuré avec la princesse Désirée, qu'il l'avoit vue au palais quand il y étoit allé en ambassade. « Quel funeste souvenir me rappelez-vous, lui dit le prince, et par quel hasard seroit-elle ici? — C'est ce que j'ignore, Seigneur, ajouta Becafigue; mais j'ai envie de la voir encore, et, puisqu'une simple menuiserie nous sépare, j'y vais faire un trou. — Voilà une curiosité bien inutile », dit le prince tristement, car les paroles de Becafigue avoient renouvelé toutes ses douleurs. En effet il ouvrit sa fenêtre, qui regardoit dans la forêt, et se mit à rêver.

Cependant Becafigue travailloit, et il eut bientôt fait un assez grand trou pour voir la charmante princesse vêtue d'une robe de brocart d'argent, mêlé de quelques fleurs incarnates brodées d'or avec des émeraudes; ses cheveux tomboient par grosses boucles sur la plus belle gorge du monde; son teint brilloit des plus vives couleurs, et ses yeux ravissoient. Giroflée étoit à genoux devant

elle, qui lui bandoit le bras d'où le sang couloit
avec abondance : elles paroissoient toutes deux
assez embarrassées de cette blessure. « Laisse-moi
mourir, disoit la princesse, la mort me sera plus
douce que la déplorable vie que je mène. Quoi!
être biche tout le jour, voir celui à qui je suis destinée sans lui parler, sans lui apprendre ma fatale
aventure! Hélas! si tu savois tout ce qu'il m'a dit
de touchant sous ma métamorphose; quel ton de
voix il a, quelles manières nobles et engageantes,
tu me plaindrois encore plus que tu ne fais de
n'être point en état de l'éclaircir de ma destinée. »

L'on peut assez juger de l'étonnement de Becafigue par tout ce qu'il venoit de voir et d'entendre ; il courut vers le prince, il l'arracha de la
fenêtre avec des transports de joie inexprimables.
« Ah ! Seigneur, lui dit-il, ne différez pas de vous
approcher de cette cloison, vous verrez le véritable original du portrait qui vous a charmé. » Le
prince regarda, et reconnut aussitôt sa princesse ;
il seroit mort de plaisir, sans qu'il craignit d'être
déçu par quelque enchantement : car enfin comme
quoi accommoder une rencontre si surprenante
avec Longue-Épine et sa mère, qui étoient renfermées dans le château des Trois-Pointes, et qui
prenoient le nom l'une de Désirée, et l'autre de
sa dame d'honneur?

Cependant sa passion le flattoit : l'on a un penchant naturel à se persuader ce que l'on souhaite ;
et, dans une telle occasion, il falloit mourir d'impatience ou s'éclaircir. Il alla sans différer frapper
doucement à la porte de la chambre où étoit la
princesse. Giroflée, ne doutant pas que ce ne fût
la bonne vieille et ayant même besoin de son secours pour lui aider à bander le bras de sa maîtresse, se hâta d'ouvrir, et demeura bien surprise
de voir le prince qui vint se jeter aux pieds de
Désirée. Les transports qui l'animoient lui permi-
rent si peu de faire un discours suivi que, quelque
soin que j'aie eu de m'informer de ce qu'il lui dit
dans ces premiers momens, je n'ai trouvé personne
qui m'en ait bien éclairci. La princesse ne s'embarrassa pas moins dans ses réponses ; mais l'amour,
qui sert souvent d'interprète aux muets, se mit en
tiers, et persuada à l'un et à l'autre qu'il ne s'étoit
jamais rien dit de plus spirituel : au moins ne s'étoit-
il jamais rien dit de plus touchant et de plus tendre.
Les larmes, les soupirs, les sermens, et même quelques souris gracieux, tout en fut. La nuit se passa
ainsi ; le jour parut sans que Désirée y eût fait aucune réflexion, et elle ne devint plus biche. Elle
s'en aperçut. Rien n'est égal à sa joie : le prince
lui étoit trop cher pour différer de la partager avec
lui ; au même moment elle commença le récit de
son histoire, qu'elle fit avec une grâce et une élo-

quence naturelle, qui surpassoit celle des plus habiles.

« Quoi! s'écria-t-il, ma charmante princesse, c'est vous que j'ai blessée sous la figure d'une biche blanche! Que ferai-je pour expier un si grand crime? Suffira-t-il d'en mourir de douleur à vos yeux? » Il étoit tellement affligé que son déplaisir se voyoit peint sur son visage. Désirée en souffrit plus que de sa blessure; elle l'assura que ce n'étoit presque rien, et qu'elle ne pouvoit s'empêcher d'aimer un mal qui lui procuroit tant de bien.

La manière dont elle lui parla étoit si obligeante qu'il ne put douter de ses bontés. Pour l'éclaircir à son tour de toutes choses, il lui raconta la supercherie que Longue-Épine et sa mère avoient faite, ajoutant qu'il falloit se hâter d'envoyer dire au roi son père le bonheur qu'il avoit eu de la trouver, parce qu'il alloit faire une terrible guerre pour tirer raison de l'affront qu'il croyoit avoir reçu. Désirée le pria d'écrire par Becafigue; il vouloit lui obéir, lorsqu'un bruit perçant de trompettes, clairons, timbales et tambours se répandit dans la forêt; il leur sembla même qu'ils entendoient passer beaucoup de monde proche de la petite maison. Le prince regarda par la fenêtre : il reconnut plusieurs officiers, ses drapeaux et ses guidons; il leur commanda de s'arrêter et de l'attendre.

Jamais surprise n'a été plus agréable que celle
de cette armée ; chacun étoit persuadé que leur
prince alloit la conduire et tirer vengeance du
père de Désirée. Le père du prince les menoit lui-
même malgré son grand âge. Il venoit dans une
litière de velours en broderie d'or ; elle étoit suivie
d'un chariot découvert : Longue-Épine y étoit avec
sa mère. Le prince Guerrier, ayant vu la litière, y
courut, et le roi, lui tendant les bras, l'embrassa
avec mille témoignages d'un amour paternel. « Et
d'où venez-vous, mon cher fils? s'écria-t-il ; est-
il possible que vous m'ayez livré à la douleur que
votre absence me cause? — Seigneur, dit le prince,
daignez m'écouter. » Le roi aussitôt descendit de
sa litière, et, se retirant dans un lieu écarté, son fils
lui apprit l'heureuse rencontre qu'il avoit faite et
la fourberie de Longue-Épine.

Le roi, ravi de cette aventure, leva les mains et
les yeux au Ciel pour lui en rendre grâces ; dans
ce moment il vit paroître la princesse Désirée, plus
belle et plus brillante que tous les astres ensemble.
Elle montoit un superbe cheval, qui n'alloit que
par courbettes ; cent plumes de différentes couleurs paroient sa tête, et les plus gros diamans du
monde avoient été mis à son habit. Elle étoit vêtue
en chasseur ; Giroflée, qui la suivoit, n'étoit guère
moins parée qu'elle. C'étoient là des effets de la pro-
tection de Tulipe ; elle avoit tout conduit avec soin

et avec succès ; la jolie maison du bois fut faite en
faveur de la princesse, et, sous la figure d'une
vieille, elle l'avoit régalée pendant plusieurs jours.

Dès que le prince reconnut ses troupes et qu'il
alla trouver le roi son père, elle entra dans la
chambre de Désirée : elle souffla son bras pour
guérir sa blessure ; elle lui donna ensuite les riches
habits sous lesquels elle parut aux yeux du roi, qui
demeura si charmé qu'il avoit bien de la peine à
la croire une personne mortelle. Il lui dit tout ce
qu'on peut imaginer de plus obligeant dans une
semblable occasion, et la conjura de ne point différer à ses sujets le plaisir de l'avoir pour reine.
« Car je suis résolu, continua-t-il, de céder mon
royaume au prince Guerrier, afin de le rendre plus
digne de vous. » Désirée lui répondit avec toute la
politesse qu'on devoit attendre d'une personne si
bien élevée ; puis, jetant les yeux sur les deux prison-
nières qui étoient dans le chariot, et qui se ca-
choient le visage de leurs mains, elle eut la générosité de demander leur grâce, et que le même
chariot où elles étoient servit à les conduire où
elles voudroient aller. Le roi consentit à ce qu'elle
souhaitoit : ce ne fut pas sans admirer son bon
cœur et sans lui donner de grandes louanges.

On ordonna que l'armée retourneroit sur ses
pas ; le prince monta à cheval pour accompagner
sa belle princesse : on les reçut dans la ville capi-

tale avec mille cris de joie ; l'on prépara tout pour
le jour des noces, qui devint très solennel par la
présence des six bénignes fées qui aimoient la princesse. Elles lui firent les plus riches présens qui se
soient jamais imaginés ; entre autres, ce magnifique
palais où la reine les avoit été voir parut tout
d'un coup en l'air, porté par cinquante mille
Amours, qui le posèrent dans une belle plaine au
bord de la rivière. Après un tel don, il ne s'en
pouvoit plus faire de si considérable.

Le fidèle Becafigue pria son maître de parler à
Giroflée, et de l'unir avec elle lorsqu'il épouseroit
la princesse ; il le voulut bien : cette aimable fille
fut très aise de trouver un établissement si avantageux en arrivant dans un royaume étranger. La
fée Tulipe, qui étoit encore plus libérale que ses
sœurs, lui donna quatre mines d'or dans les Indes,
afin que son mari n'eût pas l'avantage de se dire
plus riche qu'elle. Les noces du prince durèrent
plusieurs mois ; chaque jour fournissoit une fête
nouvelle, et les aventures de Biche blanche ont été
chantées par tout le monde.

La princesse, trop empressée
De sortir de ces sombres lieux,
Où vouloit une sage fée
Lui cacher la clarté des cieux ;
Ses malheurs, sa métamorphose,
Font assez voir en quel danger
Une jeune beauté s'expose

Quand trop tôt dans le monde elle ose s'engager !
O vous ! à qui l'Amour, d'une main libérale,
A donné des attraits capables de toucher,
      La beauté souvent est fatale,
      Vous ne sauriez trop la cacher.
      Vous croyez toujours vous défendre,
En vous faisant aimer, de ressentir l'amour;
      Mais sachez qu'à son tour,
A force d'en donner, on peut souvent en prendre.

LA CHATTE BLANCHE

L étoit une fois un roi qui avoit trois fils bien faits et courageux ; il eut peur que l'envie de régner ne leur prît avant sa mort ; il couroit même certains bruits qu'ils cherchoient à s'acquérir des créatures, et que c'étoit pour lui ôter son royaume. Le roi se sentoit vieux, mais, son esprit et sa capacité n'ayant point diminué, il n'avoit pas envie de leur céder une place qu'il remplissoit dignement ; il pensa donc que le meilleur moyen de vivre en repos, c'étoit de les amuser par des promesses dont il sauroit toujours éluder l'effet.

Il les appela dans son cabinet, et, après leur avoir parlé avec beaucoup de bonté, il ajouta : « Vous conviendrez avec moi, mes chers enfans, que mon grand âge ne permet pas que je m'applique aux

affaires de mon Etat avec autant de soin que
je le faisois autrefois : je crains que mes sujets n'en
souffrent, je veux mettre ma couronne sur la tête
d'un de vous autres; mais il est bien juste que,
pour un tel présent, vous cherchiez les moyens de
me plaire dans le dessein que j'ai de me retirer à
la campagne. Il me semble qu'un petit chien adroit,
joli et fidèle me tiendroit bonne compagnie; de
sorte que, sans choisir mon fils aîné plutôt que mon
cadet, je vous déclare que celui des trois qui m'ap-
portera le plus beau petit chien sera aussitôt mon
héritier. » Ces princes demeurèrent surpris de l'inclination de leur père pour un petit chien, mais les
deux cadets y pouvoient trouver leur compte, et
ils acceptèrent avec plaisir la commission d'aller en
chercher un; l'aîné étoit trop timide ou trop respectueux pour représenter ses droits. Ils prirent
congé du roi; il leur donna de l'argent et des
pierreries, ajoutant que dans un an, sans y manquer, ils revinssent, au même jour et à la même
heure, lui apporter leurs petits chiens.

Avant de partir, ils allèrent dans un château qui
n'étoit qu'à une lieue de la ville. Ils y menèrent
leurs plus confidens, et firent de grands festins, où les
trois frères se promirent une amitié éternelle, qu'ils
agiroient dans l'affaire en question sans jalousie et
sans chagrin, et que le plus heureux feroit toujours
part de sa fortune aux autres; enfin ils partirent,

réglant qu'ils se trouveroient à leur retour dans le même château, pour aller ensemble chez le roi ; ils ne voulurent être suivis de personne, et changèrent leurs noms pour n'être pas connus.

Chacun prit une route différente ; les deux aînés eurent beaucoup d'aventures ; mais je ne m'attache qu'à celles du cadet. Il étoit gracieux, il avoit l'esprit gai et réjouissant, la tête admirable, la taille noble, les traits réguliers, de belles dents, beaucoup d'adresse dans tous les exercices qui conviennent à un prince. Il chantoit agréablement, il touchoit le luth et le théorbe avec une délicatesse qui charmoit. Il savoit peindre. En un mot, il étoit très accompli, et, pour la valeur, cela alloit jusqu'à l'intrépidité.

Il n'y avoit guère de jours qu'il n'achetât des chiens, de grands, de petits, des lévriers, des dogues, limiers, chiens de chasse, épagneuls, barbets, bichons ; dès qu'il en avoit un beau et qu'il en trouvoit un plus beau, il laissoit aller le premier pour garder l'autre : car il auroit été impossible qu'il eût mené tout seul trente ou quarante mille chiens, et il ne vouloit ni gentilshommes, ni valets de chambre, ni pages à sa suite. Il avançoit toujours son chemin, n'ayant point déterminé jusqu'où il iroit, lorsqu'il fut surpris de la nuit, du tonnerre et de la pluie, dans une forêt dont il ne pouvoit plus reconnoître les sentiers.

Il prit le premier chemin, et, après avoir marché
longtemps, il aperçut un peu de lumière; ce qui
lui persuada qu'il y avoit quelque maison proche
où il se mettroit à l'abri jusqu'au lendemain. Ainsi
guidé par la lumière qu'il voyoit, il arriva à la
porte d'un château, le plus superbe qui se soit
jamais imaginé. Cette porte étoit d'or, couverte
d'escarboucles dont la lumière vive et pure éclai-
roit tous les environs. C'étoit elle que le prince
avoit vue de fort loin. Les murs étoient d'une por-
celaine transparente, mêlée de plusieurs couleurs,
qui représentoit l'histoire de toutes les fées, depuis la création du monde jusqu'alors : les fameuses
aventures de Peau-d'Ane, de Finette, de l'Oranger, de Gracieuse, de la Belle au bois dormant, de
Serpentin vert, et de cent autres, n'y étoient pas
oubliées. Il fut charmé d'y reconnoître le prince
Lutin, car c'étoit son oncle à la mode de Bre-
tagne. La pluie et le mauvais temps l'empêchèrent
de s'arrêter davantage dans un lieu où il se mouil-
loit jusqu'aux os, à joindre qu'il ne voyoit point
du tout aux endroits où la lumière des escarboucles ne pouvoit s'étendre.

Il revint à la porte d'or; il vit un pied de chevreuil attaché à une chaîne toute de diamans; il
admira cette magnificence, et la sécurité avec laquelle on vivoit dans le château :« car enfin, disoit-
il, qui empêche les voleurs de venir couper cette

chaîne et d'arracher les escarboucles? Ils se feroient riches pour toujours. »

Il tira le pied de chevreuil, et aussitôt il entendit sonner une cloche qui lui parut d'or ou d'argent, par le son qu'elle rendoit; au bout d'un moment la porte fut ouverte, sans qu'il aperçût autre chose qu'une douzaine de mains en l'air, qui tenoient chacune un flambeau. Il demeura si surpris qu'il hésitoit à s'avancer, quand il sentit d'autres mains qui le poussoient par derrière avec assez de violence. Il marcha donc fort inquiet, et à tout hasard il porta la main sur la garde de son épée; mais, en entrant dans un vestibule tout incrusté de porphyre et de lapis, il entendit deux voix ravissantes qui chantèrent ces paroles :

Des mains que vous voyez ne prenez point d'ombrage,
    Et ne craignez en ce séjour
    Que les charmes d'un beau visage,
    Si votre cœur veut fuir l'amour.

Il ne put croire qu'on l'invitât de si bonne grâce pour lui faire ensuite du mal, de sorte que, se sentant poussé vers une grande porte de corail, qui s'ouvrit dès qu'il s'en fut approché, il entra dans un salon de nacres de perles, et ensuite dans plusieurs chambres ornées différemment, et si riches par les peintures et les pierreries qu'il en étoit comme enchanté. Mille et mille lumières attachées

depuis la voûte du salon jusqu'en bas éclairoient
une partie des autres appartemens, qui ne laissoient pas d'être remplis de lustres, de girandoles,
et de gradins couverts de bougies ; enfin la magnificence étoit telle qu'il n'étoit pas aisé de croire
que ce fût une chose possible.

Après avoir passé dans soixante chambres, les
mains qui le conduisoient l'arrêtèrent ; il vit un
grand fauteuil de commodité qui s'approcha tout
seul de la cheminée. En même temps le feu s'al-
luma, et les mains, qui lui sembloient fort belles,
blanches, petites, grassettes et bien proportionnées, le déshabillèrent : car il étoit mouillé, comme
je l'ai déjà dit, et l'on avoit peur qu'il ne s'enrhu-
mât. On lui présenta, sans qu'il vît personne, une
chemise aussi belle que pour un jour de noces, avec
une robe de chambre d'une étoffe glacée d'or,
brodée de petites émeraudes, qui formoient des
chiffres. Les mains sans corps approchèrent de
lui une table sur laquelle sa toilette fut mise. Rien
n'étoit plus magnifique. Elles le peignèrent avec
une légèreté et une adresse dont il fut fort content. Ensuite on le rhabilla, mais ce ne fut pas
avec ses habits, on lui en apporta de beaucoup plus
riches. Il admiroit silencieusement tout ce qui se passoit, et quelquefois il lui prenoit de petits mouvemens
de frayeur dont il n'étoit pas tout à fait le maître.

Après qu'on l'eut poudré, frisé, parfumé, paré,

ajusté et rendu plus beau qu'Adonis, les mains le
conduisirent dans une salle superbe par ses do-
rures et ses meubles. On voyoit autour l'histoire
des plus fameux chats : Rodilardus pendu par les
pieds au conseil des rats, Chat botté, marquis de
Carabas, le Chat qui écrit, la Chatte devenue
femme, les Sorciers devenus chats, le Sabbat et
toutes ses cérémonies ; enfin rien n'étoit plus singulier que ces tableaux.

Le couvert étoit mis ; il y en avoit deux, chacun
garni de son cadenas d'or ; le buffet surprenoit par
la quantité de vases de cristal de roche et de mille
pierres rares. Le prince ne savoit pour qui ces deux
couverts étoient mis, lorsqu'il vit des chats qui se
placèrent dans un petit orchestre ménagé exprès :
l'un tenoit un livre avec des notes les plus extraordinaires du monde, l'autre un rouleau de papier
dont il battoit la mesure, et les autres avoient de
petites guitares. Tout d'un coup chacun d'eux se
mit à miauler sur différens tons, et à gratter les
cordes des guitares avec leurs ongles : c'étoit la
plus étrange musique que l'on ait jamais entendue.
Le prince se seroit cru en enfer s'il n'avoit pas
trouvé ce palais trop merveilleux pour donner dans
une pensée si peu vraisemblable ; mais il se bou-
choit les oreilles, et rioit de toute sa force de voir
les différentes postures et les grimaces de ces nouveaux musiciens.

Il rêvoit aux différentes choses qui lui étoient déjà arrivées dans ce château, lorsqu'il vit entrer une petite figure qui n'avoit pas une coudée de haut. Cette bamboche se couvroit d'un long voile d'un crêpe noir. Deux chats la menoient; ils étoient vêtus de deuil, en manteau et l'épée au côté ; un nombreux cortège de chats venoit après : les uns portoient des ratières pleines de rats, et les autres des souris dans des cages.

Le prince ne sortoit point d'étonnement; il ne savoit que penser. La figurine noire s'approcha; et, levant son voile, il aperçut la plus belle petite chatte blanche qui ait jamais été et qui sera jamais. Elle avoit l'air fort jeune et fort triste; elle se mit à faire un miaulis si doux et si charmant qu'il alloit droit au cœur; elle dit au prince : « Fils de roi, sois le bienvenu, ma miaularde majesté te voit avec plaisir. — Madame la Chatte, dit le prince, vous êtes bien généreuse de me recevoir avec tant d'accueil ; mais vous ne paroissez pas une bestiole ordinaire; le don que vous avez de la parole et le superbe château que vous possédez en sont des preuves assez évidentes. — Fils de roi, reprit Chatte blanche, je te prie, cesse de me faire des complimens; je suis simple dans mes discours et dans mes manières, mais j'ai un bon cœur. Allons, continua-t-elle, que l'on serve, et que les musiciens se taisent, car le prince n'entend pas ce qu'ils

disent. — Et disent-ils quelque chose, Madame?
reprit-il. — Sans doute, continua-t-elle; nous
avons ici des poètes qui ont infiniment d'esprit,
et, si vous restez un peu parmi nous, vous aurez lieu
d'en être convaincu. — Il ne faut que vous entendre pour le croire, dit galamment le prince;
mais aussi, Madame, je vous regarde comme une
chatte fort rare. »

L'on apporta le souper, les mains dont les corps
étoient invisibles servoient. L'on mit d'abord sur
la table deux bisques, l'une de pigeonneaux et
l'autre de souris fort grasses. La vue de l'une empêcha le prince de manger de l'autre, se figurant
que le même cuisinier les avoit accommodées ;
mais la petite Chatte, qui devina par la mine qu'il
faisoit ce qu'il avoit dans l'esprit, l'assura que sa
cuisine étoit à part, et qu'il pouvoit manger de ce
qu'on lui présenteroit avec certitude qu'il n'y auroit ni rats ni souris.

Le prince ne se le fit pas dire deux fois, croyant
bien que la belle petite Chatte ne voudroit pas le
tromper. Il remarqua qu'elle avoit à sa patte un portrait fait en table; cela le surprit. Il la pria de le
lui montrer, croyant que c'étoit maître Minagrobis. Il fut bien étonné de voir un jeune homme
si beau qu'il étoit à peine croyable que la nature
en pût former un tel, et qui lui ressembloit si fort
qu'on n'auroit pu le peindre mieux. Elle soupira,

et, devenant encore plus triste, elle garda un profond silence. Le prince vit bien qu'il y avoit quelque chose d'extraordinaire là-dessous; cependant il n'osa s'en informer, de peur de déplaire à la Chatte ou de la chagriner. Il l'entretint de toutes les nouvelles qu'il savoit, et il la trouva fort instruite des différens intérêts des princes, et des autres choses qui se passoient dans le monde.

Après le souper, Chatte blanche convia son hôte d'entrer dans un salon où il y avoit un théâtre sur lequel douze chats et douze singes dansèrent en ballet. Les uns étoient vêtus en Mores, et les autres en Chinois. Il est aisé de juger des sauts et des cabrioles qu'ils faisoient, et de temps en temps ils se donnoient des coups de griffe. C'est ainsi que la soirée finit. Chatte blanche donna le bonsoir à son hôte; les mains qui l'avoient conduit jusque-là le reprirent et le menèrent dans un appartement tout opposé à celui qu'il avoit vu. Il étoit moins magnifique que galant; tout étoit tapissé d'ailes de papillon, dont les diverses couleurs formoient mille fleurs différentes. Il y avoit aussi des plumes d'oiseaux très rares, et qui n'ont peut-être jamais été vus que dans ce lieu-là. Les lits étoient de gaze, rattachés par mille nœuds de rubans. C'étoient de grandes glaces depuis le plafond jusqu'au parquet, et les bordures d'or ciselé représentoient mille petits Amours.

Le prince se coucha sans dire mot, car il n'y
avoit pas moyen de faire conversation avec les
mains qui le servoient; il dormit peu, et fut réveillé par un bruit confus. Les mains aussitôt le
retirèrent de son lit, et lui mirent un habit de
chasse. Il regarda dans la cour du château, il aperçut
plus de cinq cents chats, dont les uns menoient des
lévriers en lesse, les autres sonnoient du cor;
c'étoit une grande fête, Chatte blanche alloit à la
chasse; elle vouloit que le prince y vînt. Les offi-
cieuses mains lui présentèrent un cheval de bois
qui couroit à toute bride, et qui alloit le pas à
merveille; il fit quelque difficulté d'y monter, disant qu'il s'en falloit beaucoup qu'il ne fût chevalier errant comme Don Quichotte; mais sa résistance ne servit de rien, on le planta sur le cheval
de bois. Il avoit une housse et une selle en broderie d'or et de diamans. Chatte blanche montoit
un singe, le plus beau et le plus superbe qui se
soit encore vu; elle avoit quitté son grand voile,
et portoit un bonnet à la dragonne, qui lui donnoit un petit air si résolu que toutes les souris du
voisinage en avoient peur. Il ne s'est jamais fait
une chasse plus agréable; les chats couroient plus
vite que les lapins et les lièvres, de sorte que, lorsqu'ils en prenoient, Chatte blanche faisoit faire la
curée devant elle, et il s'y passoit mille tours d'a-
dresse très réjouissans. Les oiseaux n'étoient pas

de leur côté trop en sûreté, car les chatons grim-
poient aux arbres, et le maître singe portoit Chatte
blanche jusque dans le nid des aigles, pour dis-
poser à sa volonté des petites altesses aiglonnes.

La chasse étant finie, elle prit un cor qui étoit
long comme le doigt, mais qui rendoit un son si
clair et si haut qu'on l'entendoit aisément de dix
lieues. Dès qu'elle eut sonné deux ou trois fanfares,
elle fut environnée de tous les chats du pays : les
uns paroissoient en l'air, montés sur des chariots,
les autres dans des barques abordoient par eau ;
enfin il ne s'en est jamais tant vu. Ils étoient presque tous habillés de différentes manières ; elle retourna au château avec ce pompeux cortège, et
pria le prince d'y venir. Il le voulut bien, quoiqu'il lui semblât que tant de chatonnerie tenoit un
peu du sabbat et du sorcier, et que la Chatte par-
lante l'étonnât plus que tout le reste.

Dès qu'elle fut rentrée chez elle, on lui mit son
grand voile noir ; elle soupa avec le prince ; il avoit
faim, et mangea de bon appétit ; l'on apporta des
liqueurs dont il but avec plaisir, et sur-le-champ
elles lui ôtèrent le souvenir du petit chien qu'il
devoit porter au roi. Il ne pensa plus qu'à miauler
avec Chatte blanche, c'est-à-dire à lui tenir bonne
et fidèle compagnie. Il passoit les jours en fêtes
agréables, tantôt à la pêche ou à la chasse, puis
l'on faisoit des ballets, des carrousels, et mille au-

tres choses où il se divertissoit très bien ; souvent même la belle Chatte composoit des vers et des chansonnettes d'un style si passionné qu'il sembloit qu'elle avoit le cœur tendre, et que l'on ne pouvoit parler comme elle faisoit sans aimer ; mais son secrétaire, qui étoit un vieux chat, écrivoit si mal qu'encore que ses ouvrages aient été conservés, il est impossible de les lire.

Le prince avoit oublié jusqu'à son pays. Les mains dont j'ai parlé continuoient de le servir. Il regrettoit quelquefois de n'être pas chat, pour passer sa vie dans cette bonne compagnie. « Hélas ! disoit-il à Chatte blanche, que j'aurai de douleur de vous quitter ! je vous aime si chèrement ! Ou devenez fille, ou rendez-moi chat. » Elle trouvoit son souhait fort plaisant, et ne lui faisoit que des réponses obscures, où il ne comprenoit presque rien.

Une année s'écoule bien vite quand on n'a ni souci ni peine, qu'on se réjouit et qu'on se porte bien. Chatte blanche savoit le temps où il devoit retourner, et, comme il n'y pensoit plus, elle l'en fit souvenir. « Sais-tu, dit-elle, que tu n'as que trois jours pour chercher le petit chien que le roi ton père souhaite, et que tes frères en ont trouvé de fort beaux ? » Le prince revint à lui, et, s'étonnant de sa négligence : « Par quel charme secret, s'écria-t-il, ai-je oublié la chose du monde qui m'est

la plus importante? Il y va de ma gloire et de ma
fortune. Où prendrai-je un chien tel qu'il le faut
pour gagner le royaume, et un cheval assez dili-
gent pour faire tant de chemin? » Il commença de
s'inquiéter et s'affligea beaucoup.

Chatte blanche lui dit, en s'adoucissant : « Fils
de roi, ne te chagrine point, je suis de tes amies;
tu peux rester encore ici un jour; et, quoiqu'il y ait
cinq cents lieues d'ici à ton pays, le bon cheval de
bois t'y portera en moins de douze heures. — Je
vous remercie, belle Chatte, dit le prince; mais il
ne me suffit pas de retourner vers mon père, il faut
que je lui porte un petit chien. — Tiens, lui dit
Chatte blanche, voici un gland où il y en a un
plus beau que la Canicule. — Ho! dit le prince,
Madame la Chatte, Votre Majesté se moque de
moi. — Approche le gland de ton oreille, continua-t-elle, et tu l'entendras japper. » Il obéit;
aussitôt le petit chien fit jap, jap, dont le prince
demeura transporté de joie : car tel chien qui
tient dans un gland doit être fort petit. Il vouloit
l'ouvrir, tant il avoit envie de le voir; mais
Chatte blanche lui dit qu'il pourroit avoir froid
par les [chemins, et qu'il valoit mieux attendre
qu'il fût devant le roi son père. Il la remercia
mille fois, et lui dit un adieu très tendre. « Je
vous assure, ajouta-t-il, que les jours m'ont paru
si courts avec vous que je regrette en quelque

façon de vous laisser ici ; et, quoique vous y
soyez souveraine, et que tous les chats qui vous
font leur cour aient plus d'esprit et de galanterie
que les nôtres, je ne laisse pas de vous convier de
venir avec moi. » La Chatte ne répondit à cette
proposition que par un profond soupir.

Ils se quittèrent ; le prince arriva le premier au
château où le rendez-vous avoit été réglé avec
ses frères. Ils s'y rendirent peu après, et demeurèrent surpris de voir dans la cour un cheval de
bois qui sautoit mieux que tous ceux que l'on a
dans les académies.

Le prince vint au-devant d'eux. Ils s'embras-
sèrent plusieurs fois, et se rendirent compte de
leurs voyages ; mais notre prince déguisa à ses
frères la vérité de ses aventures, et leur montra un
méchant chien qui servoit à tourner la broche,
disant qu'il l'avoit trouvé si joli que c'étoit celui
qu'il apportoit au roi. Quelque amitié qui fût
entre eux, les deux aînés sentirent une secrète joie
du mauvais choix de leur cadet ; ils étoient à table,
et se marchoient sur le pied, comme pour se dire
qu'ils n'avoient rien à craindre de ce côté-là.

Le lendemain ils partirent ensemble dans un
même carrosse. Les deux fils aînés du roi avoient
de petits chiens dans des paniers, si beaux et si
délicats que l'on osoit à peine les toucher. Le
cadet portoit le pauvre tournebroche, qui étoit si

crotté que personne ne vouloit le souffrir. Lorsqu'ils furent dans le palais, chacun les environna
pour leur souhaiter la bienvenue; ils entrèrent dans
l'appartement du roi. Il ne savoit en faveur du-
quel décider : car les petits chiens qui lui étoient
présentés par ses deux aînés étoient presque d'une
égale beauté, et ils se disputoient déjà l'avantage
de la succession, lorsque leur cadet les mit d'accord en tirant de sa poche le gland que Chatte
blanche lui avoit donné. Il l'ouvrit promptement,
puis chacun vit un petit chien couché sur du coton.
Il passoit au milieu d'une bague sans y toucher. Le
prince le mit par terre : aussitôt il commença de
danser la sarabande avec des castagnettes aussi
légèrement que la plus célèbre Espagnole. Il étoit
de mille couleurs différentes, ses soies et ses oreilles
traînoient par terre. Le roi demeura fort confus,
car il étoit impossible de trouver rien à redire à la
beauté du toutou.

Cependant il n'avoit aucune envie de se défaire de
sa couronne. Le plus petit fleuron lui en étoit plus
cher que tous les chiens de l'univers. Il dit donc à
ses enfans qu'il étoit très satisfait de leurs peines;
mais qu'ils avoient si bien réussi dans la première
chose qu'il avoit souhaitée d'eux qu'il vouloit encore éprouver leur habileté avant de tenir parole;
qu'ainsi il leur donnoit un an à chercher, par mer
et par terre, une pièce de toile si fine qu'elle

passât par le trou d'une aiguille à faire du point de Venise. Ils demeurèrent tous trois très affligés d'être en obligation de retourner à une nouvelle quête. Les deux princes, dont les chiens étoient moins beaux que celui de leur cadet, y consentirent. Chacun partit de son côté, sans se faire autant d'amitié que la première fois, car le tourne-broche les avoit un peu refroidis.

Notre prince reprit son cheval de bois, et, sans vouloir chercher d'autres secours que ceux qu'il pourroit espérer de l'amitié de Chatte blanche, il partit en toute diligence, et retourna au château où elle l'avoit si bien reçu. Il en trouva toutes les portes ouvertes ; les fenêtres, les toits, les tours et les murs étoient bien éclairés de cent mille lampes, qui faisoient un effet merveilleux. Les mains qui l'avoient si bien servi s'avancèrent au-devant de lui, prirent la bride de l'excellent cheval de bois, qu'elles menèrent à l'écurie, pendant que le prince entra dans la chambre de Chatte blanche.

Elle étoit couchée dans une petite corbeille, sur un matelas de satin blanc très propre. Elle avoit des cornettes négligées et paroissoit abattue ; mais, quand elle aperçut le prince, elle fit mille sauts et autant de gambades, pour lui témoigner la joie qu'elle avoit. « Quelque sujet que j'eusse, lui dit-elle, d'espérer ton retour, je t'avoue, fils de roi, que je n'osois m'en flatter, et je suis ordinairement

14

si malheureuse dans les choses que je souhaite
que celle-ci me surprend. » Le prince, reconnois-
sant, lui fit mille caresses; il lui conta le succès de
son voyage, qu'elle savoit peut-être mieux que
lui, et que le roi vouloit une pièce de toile qui pût
passer par le trou d'une aiguille; qu'à la vérité, il
croyoit la chose impossible, mais qu'il n'avoit pas
laissé de la tenter, se promettant tout de son
amitié et de son secours. Chatte blanche, prenant
un air plus sérieux, lui dit que c'étoit une affaire à
laquelle il falloit penser, que par bonheur elle avoit
dans son château des chattes qui filoient fort bien,
qu'elle-même y mettroit la griffe, et qu'elle avan-
ceroit cette besogne; qu'ainsi il pouvoit demeurer
tranquille, sans aller bien loin chercher ce qu'il
trouveroit plus aisément chez elle qu'en lieu du
monde.

Les mains parurent : elles portoient des flam-
beaux, et, le prince les suivant avec Chatte blanche,
il entra dans une magnifique galerie qui régnoit le
long d'une grande rivière, sur laquelle on tira un
feu d'artifice surprenant. L'on y devoit brûler
quatre chats, dont le procès étoit fait dans toutes
les formes. Ils étoient accusés d'avoir mangé le
rôti du souper de la Chatte blanche, son fromage,
son lait; d'avoir même conspiré contre sa personne
avec Martafax et Lhermite, fameux rats de la
contrée, et tenus pour tels par La Fontaine, auteur

très véritable ; mais avec tout cela l'on savoit qu'il y avoit beaucoup de cabale dans cette affaire, et que la plupart des témoins étoient subornés. Quoi qu'il en soit, le prince obtint leur grâce. Le feu d'artifice ne fit mal à personne, et l'on n'a encore jamais vu de si belles fusées.

L'on servit ensuite un médianoche très propre, qui causa plus de plaisir au prince que le feu, car il avoit grand faim, et son cheval de bois l'avoit amené si vite qu'il n'a jamais été de diligence pareille. Les jours suivans se passèrent comme ceux qui les avoient précédés, avec mille fêtes différentes dont l'ingénieuse Chatte blanche régaloit son hôte. C'est peut-être le premier mortel qui se soit si bien diverti avec des chats, sans avoir d'autre compagnie.

Il est vrai que Chatte blanche avoit l'esprit agréable, liant et presque universel. Elle étoit plus savante qu'il n'est permis à une chatte de l'être. Le prince s'en étonnoit quelquefois. « Non, lui disoit-il, ce n'est point une chose naturelle que tout ce que je remarque de merveilleux en vous. Si vous m'aimez, charmante Minette, apprenez-moi par quel prodige vous pensez et vous parlez si juste qu'on pourroit vous recevoir dans les académies fameuses des plus beaux esprits. — Cesse tes questions, fils de roi, lui disoit-elle ; il ne m'est pas permis d'y répondre, et tu peux pousser tes

conjectures aussi loin que tu voudras sans que je
m'y oppose; qu'il te suffise que j'ai toujours pour
toi patte de velours, et que je m'intéresse tendrement dans tout ce qui te regarde. »

Insensiblement cette seconde année s'écoula
comme la première; le prince ne souhaitoit guère
de chose que les mains diligentes ne lui apportas-
sent sur-le-champ, soit des livres, des pierreries,
des tableaux, des médailles antiques; enfin il n'a-
voit qu'à dire : « Je veux un tel bijou, qui est dans le
cabinet du Mogol ou du roi de Perse, telle statue
de Corinthe ou de Grèce », il voyoit aussitôt devant lui ce qu'il désiroit, sans savoir ni qui l'avoit
apporté, ni d'où il venoit. Cela ne laisse pas d'a-
voir ses agrémens; et, pour se délasser, l'on est
quelquefois bien aise de se voir maître des plus
beaux trésors de la terre.

Chatte blanche, qui veilloit toujours aux intérêts du prince, l'avertit que le temps de son départ
approchoit, qu'il pouvoit se tranquilliser sur la pièce
de toile qu'il désiroit, et qu'elle lui en avoit fait
une merveilleuse; elle ajouta qu'elle vouloit cette
fois-ci lui donner un équipage digne de sa naissance, et, sans attendre sa réponse, elle l'obligea
de regarder dans la grande cour du château. Il y
avoit une calèche découverte, d'or émaillé de couleur de feu, avec mille devises galantes qui satis-
faisoient autant l'esprit que les yeux. Douze che-

vaux blancs comme la neige, attachés quatre à
quatre de front, la traînoient, chargés de harnois
de velours couleur de feu en broderie de diamans,
et garnis de plaques d'or. La doublure de la calèche étoit pareille, et cent carrosses à huit chevaux, tous remplis de seigneurs de grande apparence, très superbement vêtus, suivoient cette
calèche. Elle étoit encore accompagnée par mille
gardes du corps, dont les habits étoient si couverts de broderie que l'on n'apercevoit point
l'étoffe. Ce qui étoit singulier, c'est qu'on voyoit
partout le portrait de Chatte blanche, soit dans les
devises de la calèche, ou sur les habits des gardes
du corps, ou attaché avec un ruban au justeau-
corps de ceux qui faisoient le cortège, comme un
ordre nouveau dont elle les avoit honorés.

« Va, dit-elle au prince, va paroître à la cour du
roi ton père d'une manière si somptueuse que tes
airs magnifiques servent à lui imposer, afin qu'il ne
te refuse plus la couronne que tu mérites. Voilà
une noix, garde-toi de la casser qu'en sa présence :
tu y trouveras la pièce de toile que tu m'as de-
mandée. — Aimable Blanchette, lui dit-il, je vous
avoue que je suis si pénétré de vos bontés que, si
vous y vouliez consentir, je préférerois de passer
ma vie avec vous, à toutes les grandeurs que j'ai
lieu de me promettre ailleurs. — Fils de roi, répliqua-t-elle, je suis persuadée de la bonté de ton

cœur; c'est une marchandise rare parmi les princes : ils veulent être aimés de tout le monde, et ne veulent rien aimer; mais tu montres assez que la règle générale a son exception. Je te tiens compte de l'attachement que tu témoignes pour une petite Chatte blanche, qui dans le fond n'est propre à rien qu'à prendre des souris. » Le prince lui baisa la patte et partit.

L'on auroit de la peine à croire la diligence qu'il fit, si l'on ne savoit déjà de quelle manière le cheval de bois l'avoit porté, en moins de deux jours, à plus de cinq cents lieues du château, de sorte que le même pouvoir qui anima celui-là pressa si fort les autres qu'ils ne restèrent que vingt-quatre heures sur le chemin. Ils ne s'arrêtèrent en aucun endroit jusqu'à ce qu'ils fussent arrivés chez le roi, où les deux frères aînés du prince s'étoient déjà rendus : de sorte que, ne voyant point paroître leur cadet, ils s'applaudissoient de sa négligence, et se disoient tout bas l'un à l'autre : « Voilà qui est bien heureux; il est mort ou malade, il ne sera point notre rival dans l'affaire importante qui va se traiter. » Aussitôt ils déployèrent leurs toiles, qui à la vérité étoient si fines qu'elles passoient dans le trou d'une grosse aiguille; mais, pour dans une petite, cela ne se pouvoit. Et le roi, très aise de ce prétexte de dispute, leur montra l'aiguille qu'il avoit proposée, et que

les magistrats, par son ordre, apportèrent du trésor
de la ville, où elle avoit été soigneusement enfermée.

Il y avoit beaucoup de murmure sur cette dispute. Les amis des princes, et particulièrement
ceux de l'aîné, car c'étoit sa toile qui étoit la plus
belle, disoient que c'étoit là une franche chicane, où
il entroit beaucoup d'adresse et de normanisme.
Les créatures du roi soutenoient qu'il n'étoit point
obligé de tenir des conditions qu'il n'avoit pas
proposées; enfin, pour les mettre tous d'accord,
l'on entendit un bruit charmant de trompettes, de
timbales et de hautbois : c'étoit notre prince qui
arrivoit en pompeux appareil. Le roi et ses deux
fils demeurèrent aussi étonnés les uns que les autres d'une si grande magnificence.

Après qu'il eut salué respectueusement son père
et embrassé ses frères, il tira d'une boîte couverte de
rubis la noix, qu'il cassa : il croyoit y trouver la
pièce de toile tant vantée; mais il y avoit au lieu
une noisette. Il la cassa encore, et demeura surpris
de voir un noyau de cerise. Chacun se regardoit ;
le roi rioit tout doucement, et se moquoit que son
fils eût été assez crédule pour croire apporter dans
une noix une pièce de toile. Mais pourquoi ne l'auroit-il pas cru, puisqu'il avoit déjà donné un petit
chien qui tenoit dans un gland? Il cassa donc le
noyau de cerise, qui étoit rempli de son amande ;

alors il s'éleva un grand bruit dans la chambre;
l'on n'entendoit autre chose, sinon : « Le prince cadet
est la dupe de l'aventure. » Il ne répondit rien aux
mauvaises plaisanteries des courtisans; il ouvre l'a-
mande, et trouve un grain de blé, puis dans le
grain de blé un grain de millet. Ho! c'est la vérité qu'il commença à se défier, et marmotta entre
ses dents : « Chatte blanche, Chatte blanche, tu
t'es moquée de moi. » Il sentit dans ce moment la
griffe d'un chat sur sa main, dont il fut si bien
égratigné 'qu'il en saignoit. Il ne savoit si cette
griffade étoit faite pour lui donner du cœur, ou
pour lui faire perdre courage; cependant il ouvrit
le grain de millet, et l'étonnement de tout le monde
ne fut pas petit quand il en tira une pièce de toile
de quatre cents aunes, si merveilleuse que tous les
oiseaux, les animaux et les poissons y étoient peints
avec les arbres, les fruits et les plantes de la terre,
les rochers, les raretés et les coquillages de la
mer, le soleil, la lune, les étoiles, les astres et les
planètes des cieux; il y avoit encore le portrait
des rois et des autres souverains qui régnoient pour
lors dans le monde, celui de leurs femmes, de
leurs maîtresses, de leurs enfans et de tous leurs
sujets, sans que le plus petit polisson y fût oublié.
Chacun dans son état faisoit le personnage qui lui
convenoit, et vêtu à la mode de son pays. Lorsque
le roi vit cette pièce de toile, il devint aussi pâle

que le prince étoit devenu rouge de la chercher si longtemps. L'on présenta l'aiguille, et elle y passa et repassa six fois. Le roi et les deux princes aînés gardoient un morne silence, quoique la beauté et la rareté de cette toile les forçât de temps en temps de dire que tout ce qui étoit dans l'univers ne lui étoit pas comparable.

Le roi poussa un profond soupir, et, se tournant vers ses enfans : « Rien ne peut, leur dit-il, me donner tant de consolation dans ma vieillesse que de reconnoître votre déférence pour moi ; je souhaite donc que vous vous mettiez à une nouvelle épreuve. Allez encore voyager un an, et celui qui au bout de l'année ramènera la plus belle fille l'épousera, et sera couronné roi à son mariage ; c'est aussi bien une nécessité que mon successeur se marie. Je jure, je promets, que je ne différerai plus à donner la récompense que j'ai promise. »

Toute l'injustice rouloit sur notre prince. Le petit chien et la pièce de toile méritoient dix royaumes plutôt qu'un ; mais il étoit si bien né qu'il ne voulut point contrarier la volonté de son père, et sans différer il remonta dans sa calèche. Tout son équipage le suivit, et il retourna auprès de sa chère Chatte blanche. Elle savoit le jour et le moment qu'il devoit arriver : tout étoit jonché de fleurs sur le chemin, mille cassolettes fumoient de tous côtés, et particulièrement dans le château.

Elle étoit assise sur un tapis de Perse, et sous un pavillon de drap d'or, dans une galerie où elle pouvoit le voir revenir. Il fut reçu par les mains qui l'avoient toujours servi. Tous les chats grimpèrent sur les gouttières pour le féliciter par un miaulage désespéré.

« Eh bien ! fils de roi, lui dit-elle, te voilà donc encore revenu sans couronne ? — Madame, répliqua-t-il, vos bontés m'avoient mis en état de la gagner ; mais je suis persuadé que le roi auroit plus de peine à s'en défaire que je n'aurois de plaisir à la posséder. — N'importe, dit-elle, il ne faut rien négliger pour la mériter, je te servirai dans cette occasion ; et, puisqu'il faut que tu mènes une belle fille à la cour de ton père, je t'en chercherai quelqu'une qui te fera gagner le prix. Cependant réjouissons-nous : j'ai ordonné un combat naval entre mes chats et les plus terribles rats de la contrée. Mes chats seront peut-être embarrassés, car ils craignent l'eau ; mais aussi ils auroient trop d'avantage, et il faut, autant qu'on le peut, égaler toutes choses. » Le prince admira la prudence de madame Minette. Il la loua beaucoup, et fut avec elle sur une terrasse qui donnoit vers la mer.

Les vaisseaux des chats consistoient en de grands morceaux de liège, sur lesquels ils voguoient assez commodément. Les rats avoient joint plusieurs coques d'œufs, et c'étoient là leurs navires. Le combat s'opiniâtra cruellement ; les rats se jetoient dans l'eau, et nageoient bien mieux que les chats, de sorte que vingt fois ils furent vainqueurs et vaincus ; mais Minagrobis, amiral de la flotte chatonique, réduisit la gent ratonienne dans le dernier désespoir. Il mangea à belles dents le général de leur flotte : c'étoit un vieux rat expérimenté, qui avoit fait trois fois le tour du monde dans de bons vaisseaux où il n'étoit ni capitaine ni matelot, mais seulement croque-lardon.

Chatte blanche ne voulut pas qu'on détruisît absolument ces pauvres infortunés. Elle avoit de la politique, et songeoit que, s'il n'y avoit plus ni rats ni souris dans le pays, ses sujets vivroient dans une oisiveté qui pourroit lui devenir préjudiciable. Le prince passa cette année comme il avoit fait les deux autres, c'est-à-dire à la chasse, à la pêche, au jeu : car Chatte blanche jouoit fort bien aux échecs. Il ne pouvoit s'empêcher de temps en temps de lui faire de nouvelles questions, pour savoir par quel miracle elle parloit. Il lui demandoit si elle étoit fée, ou si par une métamorphose on l'avoit rendue chatte ; mais, comme elle ne disoit jamais que ce qu'elle vouloit bien dire, elle ne répondoit aussi que ce qu'elle vouloit bien répondre, et c'étoient tant de petits mots qui ne signifioient rien qu'il jugea aisément qu'elle ne vouloit pas partager son secret avec lui.

Rien ne s'écoule plus vite que des jours qui se passent sans peine et sans chagrin; et, si la Chatte n'avoit pas été soigneuse de se souvenir du temps qu'il falloit retourner à la cour, il est certain que le prince l'auroit absolument oublié. Elle l'avertit, la veille, qu'il ne tiendroit qu'à lui d'emmener une des plus belles princesses qui fût dans le monde, que l'heure de détruire le fatal ouvrage des fées étoit à la fin arrivée, et qu'il falloit pour cela qu'il se résolût à lui couper la tête et la queue, qu'il jetteroit promptement dans le feu. « Moi, s'écriat-il, Blanchette mes amours! moi, dis-je, je serois assez barbare pour vous tuer? Ah! vous voulez sans doute éprouver mon cœur, mais soyez certaine qu'il n'est point capable de manquer à l'amitié et à la reconnoissance qu'il vous doit. — Non, fils de roi, continua-t-elle, je ne te soupçonne d'aucune ingratitude : je connois ton mérite; ce n'est ni toi ni moi qui réglons dans cette affaire notre destinée. Fais ce que je souhaite, nous commencerons l'un et l'autre d'être heureux, et tu connoîtras, foi de Chatte de bien et d'honneur, que je suis véritablement ton amie. »

Les larmes vinrent deux ou trois fois aux yeux du jeune prince, de la seule pensée qu'il falloit couper la tête à sa petite Chatonne qui étoit si jolie et si gracieuse. Il dit encore tout ce qu'il put imaginer de plus tendre pour qu'elle l'en dis-

pensât; elle répondoit opiniâtrément qu'elle vouloit mourir de sa main, et que c'étoit l'unique
moyen d'empêcher que ses frères n'eussent la couronne; en un mot, elle le pressa avec tant d'ardeur qu'il tira son épée en tremblant, et, d'une
main mal assurée, il coupa la tête et la queue de
sa bonne amie la Chatte. En même temps il vit
la plus charmante métamorphose qui se puisse imaginer: le corps de la Chatte blanche devint grand,
et se changea tout d'un coup en fille; c'est ce qui
ne sauroit être décrit, il n'y a eu que celle-là aussi
accomplie. Ses yeux ravissoient les cœurs, et sa
douceur les retenoit; sa taille étoit majestueuse,
l'air noble et modeste, un esprit liant, des manières engageantes : enfin elle étoit au-dessus de
tout ce qu'il y a de plus aimable.

Le prince, en la voyant, demeura si surpris, et
d'une surprise si agréable, qu'il se crut enchanté.
Il ne pouvoit parler, ses yeux n'étoient pas assez
grands pour la regarder, et sa langue liée ne pouvoit expliquer son étonnement; mais ce fut bien
autre chose lorsqu'il vit entrer un nombre extraordinaire de dames et de seigneurs qui, tenant tous
leur peau de chatte ou de chat jetée sur leurs
épaules, vinrent se prosterner aux pieds de la
reine, et lui témoigner leur joie de la revoir dans
son état naturel. Elle les reçut avec des témoignages de bonté qui marquoient assez le caractère

de son cœur. Et, après avoir tenu son cercle quelques momens, elle ordonna qu'on la laissât seule avec le prince, et elle lui parla ainsi :

« Ne pensez pas, Seigneur, que j'aie toujours été chatte, ni que ma naissance soit obscure parmi les hommes. Mon père étoit roi de six royaumes. Il aimoit tendrement ma mère, et la laissoit dans une entière liberté de faire tout ce qu'elle vouloit. Son inclination dominante étoit de voyager; de sorte qu'étant grosse de moi, elle entreprit d'aller voir une certaine montagne dont elle avoit entendu dire des choses surprenantes. Comme elle étoit en chemin, on lui dit qu'il y avoit proche du lieu où elle passoit un ancien château de fées, le plus beau du monde, tout au moins qu'on le croyoit tel par une tradition qui en étoit restée : car d'ailleurs, comme personne n'y entroit, on n'en pouvoit juger; mais qu'on savoit très sûrement que ces fées avoient dans leur jardin les meilleurs fruits, les plus savoureux et délicats qui se fussent jamais mangés.

« Aussitôt la reine ma mère eut une envie si violente d'en manger qu'elle y tourna ses pas. Elle arriva à la porte de ce superbe édifice, qui brilloit d'or et d'azur de tous les côtés; mais elle y frappa inutilement, qui que ce soit ne parut, il sembloit que tout le monde y étoit mort ; son envie augmentant par les difficultés, elle envoya querir

des échelles afin que l'on pût passer par-dessus les
murs du jardin, et l'on en seroit venu à bout, sans
que ces murs se haussoient à vue d'œil, bien que
personne n'y travaillât; l'on attachoit des échelles
les unes aux autres, elles rompoient sous le poids
de ceux qu'on y faisoit monter, et ils s'estro-
pioient ou se tuoient.

« La reine se désespéroit. Elle voyoit de grands
arbres chargés de fruits qu'elle croyoit délicieux,
elle en vouloit manger ou mourir; de sorte qu'elle
fit tendre des tentes fort riches devant le château,
et elle y resta six semaines avec toute sa cour. Elle
ne dormoit ni ne mangeoit, elle soupiroit sans cesse,
elle ne parloit que des fruits du jardin inaccessible;
enfin elle tomba dangereusement malade, sans que
qui que ce soit pût apporter le moindre remède à son
mal, car les inexorables fées n'avoient pas même
paru depuis qu'elle s'étoit établie proche de leur
château. Tous ses officiers s'affligeoient extraordi-
nairement. L'on n'entendoit que des pleurs et des
soupirs, pendant que la reine, mourante, demandoit des fruits à ceux qui la servoient; mais elle
n'en vouloit point d'autres que de ceux qu'on lui
refusoit.

« Une nuit qu'elle s'étoit un peu assoupie, elle
vit en [se réveillant une petite vieille, laide et dé-
crépite, assise dans un fauteuil au chevet de son
lit. Elle étoit surprise que ses femmes eussent laissé

approcher si près d'elle une inconnue, lorsqu'elle
lui dit : « Nous trouvons Ta Majesté bien impor-
« tune, de vouloir avec tant d'opiniâtreté manger
« de nos fruits ; mais, puis qu'il y va de ta précieuse
« vie, mes sœurs et moi consentons à t'en donner
« tant que tu pourras en emporter et tant que tu
« resteras ici, pourvu que tu nous fasses un don. —
« Ah ! ma bonne mère, s'écria la reine, parlez, je
« vous donne mes royaumes, mon cœur, mon âme :
« pourvu que j'aie des fruits, je ne saurois les
« acheter trop cher. — Nous voulons, dit-elle,
« que Ta Majesté nous donne la fille que tu portes
« dans ton sein ; dès qu'elle sera née, nous la
« viendrons querir ; elle sera nourrie parmi nous,
« il n'y a point de vertus, de beautés, de sciences,
« dont nous ne la douïons : en un mot, ce sera
« notre enfant, nous la rendrons heureuse ; mais
« observe que Ta Majesté ne la reverra plus qu'elle
« ne soit mariée. Si la proposition t'agrée, je vais
« tout à l'heure te guérir et te mener dans nos
« vergers ; malgré la nuit, tu verras assez clair
« pour choisir ce que tu voudras. Si ce que je te dis
« ne te plaît pas, bonsoir, Madame la reine, je
« vais dormir. — Quelque dure que soit la loi
« que vous m'imposez, répondit la reine, je l'ac-
« cepte plutôt que de mourir, car il est certain que
« je n'ai pas un jour à vivre ; ainsi je perdrois mon
« enfant en me perdant. Guérissez-moi, savante

« fée, continua-t-elle, et ne me laissez pas un mo-
« ment sans jouir du privilège que vous venez de
« m'accorder. »

« La fée la toucha avec une petite baguette
d'or, en disant : « Que Ta Majesté soit quitte de tous
« les maux qui la retiennent dans ce lit. » Il lui sembla
aussitôt qu'on lui ôtoit une robe fort pesante et
fort dure dont elle se sentoit comme accablée, et
qu'il y avoit des endroits où elle tenoit davantage.
C'étoit apparemment ceux où le mal étoit le plus
grand. Elle fit appeler toutes ses dames, et leur
dit avec un visage gai qu'elle se portoit à merveille, qu'elle alloit se lever, et qu'enfin ces portes
si bien verrouillées et si bien barricadées du palais
de féerie lui seroient ouvertes pour manger de
beaux fruits et pour en emporter tant qu'il lui
plairoit.

« Il n'y eut aucune de ses dames qui ne crût la
reine en délire, et que dans ce moment elle rêvoit
à ces fruits qu'elle avoit tant souhaités ; de sorte
qu'au lieu de lui répondre elles se prirent à pleurer, et firent éveiller tous les médecins pour voir
en quel état elle étoit. Ce retardement désespéroit la reine ; elle demandoit promptement ses habits, on les lui refusoit ; elle se mettoit en colère
et devenoit fort rouge. L'on disoit que c'étoit
l'effet de sa fièvre ; cependant les médecins, étant
entrés, après lui avoir touché le pouls et fait leurs

cérémonies ordinaires, ne purent nier qu'elle ne
fût dans une parfaite santé. Ses femmes, qui virent
la faute que le zèle leur avoit fait commettre, tâ-
chèrent de la réparer en l'habillant promptement.
Chacune lui demanda pardon, tout fut apaisé, et
elle se hâta de suivre la vieille fée qui l'avoit toujours attendue.

« Elle entra dans le palais, où rien ne pouvoit
être ajouté pour en faire le plus beau lieu du
monde; vous le croirez aisément, Seigneur, ajouta
la reine Chatte blanche, quand je vous aurai dit
que c'est celui où nous sommes; deux autres fées
un peu moins vieilles que celle qui conduisoit ma
mère la reçurent à la porte, et lui firent un accueil
très favorable. Elle les pria de la mener promptement dans le jardin, et vers les espaliers où elle
trouveroit les meilleurs fruits. « Ils sont tous égale-
« ment bons, lui dirent-elles, et, si ce n'est que tu veux
« avoir le plaisir de les cueillir toi-même, nous
« n'aurions qu'à les appeler pour les faire venir
« ici. — Je vous supplie, Mesdames, dit la reine,
« que j'aie la satisfaction de voir une chose si
« extraordinaire. » La plus vieille mit ses doigts
dans sa bouche et siffla trois fois, puis elle cria :
« Abricots, pêches, pavis, brugnons, cerises, pru-
« nes, poires, bigarreaux, melons, muscats, pommes,
« oranges, citrons, groseilles, fraises, framboises,
« accourez à ma voix. — Mais, dit la reine, tout

« ce que vous venez d'appeler vient en différentes
« saisons. — Cela n'est pas ainsi dans nos vergers,
« dirent-elles ; nous avons de tous les fruits qui sont
« sur la terre, toujours mûrs, toujours bons, et qui
« ne se gâtent jamais. »

« En même temps ils arrivèrent roulant, rampant,
pêle-mêle, sans se gâter ni se salir ; de sorte que
la reine, impatiente de satisfaire son envie, se jeta
dessus et prit les premiers qui s'offrirent sous
ses mains ; elle les dévora plutôt qu'elle ne les
mangea.

« Après s'en être un peu rassasiée, elle pria les
fées de la laisser aller aux espaliers, pour avoir le
plaisir de les choisir de l'œil avant que de les
cueillir. « Nous y consentons volontiers, dirent les
« trois fées, mais souviens-toi de la promesse que
« tu nous as faite, il ne te sera plus permis de t'en
« dédire. — Je suis persuadée, répliqua-t-elle,
« que l'on est si bien avec vous, et ce palais me
« semble si beau, que, si je n'aimois pas chèrement
« le roi mon mari, je m'offrirois d'y demeurer
« aussi ; c'est pourquoi vous ne devez point crain-
« dre que je rétracte ma parole. » Les fées, très
contentes, lui ouvrirent tous leurs jardins et tous
leurs enclos ; elle y resta trois jours et trois nuits
sans en vouloir sortir, tant elle les trouvoit délicieux. Elle cueillit des fruits pour sa provision ; et,
comme ils ne se gâtent jamais, elle en fit charger

quatre mille mulets qu'elle emmena. Les fées ajou-
tèrent à leurs fruits des corbeilles d'or, d'un travail
exquis, pour les mettre, et plusieurs raretés dont le
prix est excessif ; elles lui promirent de m'élever
en princesse, de me rendre parfaite et de me
choisir un époux, qu'elle seroit avertie de la noce,
et qu'elles espéroient bien qu'elle y viendroit.

« Le roi fut ravi du retour de la reine, toute la
cour lui en témoigna sa joie : ce n'étoient que
bals, mascarades, courses de bagues et festins, où
les fruits de la reine étoient servis comme un régal
délicieux. Le roi les mangeoit préférablement à
tout ce qu'on pouvoit lui présenter. Il ne savoit
point le traité qu'elle avoit fait avec les fées, et
souvent il lui demandoit en quel pays elle étoit allée
pour en rapporter de si bonnes choses ; elle lui répondoit que les fruits se trouvoient sur une montagne presque inaccessible ; une autre fois, qu'ils
venoient dans des vallons, puis au milieu d'un
jardin ou dans une grande forêt. Le roi demeuroit
surpris de tant de contrariétés. Il questionnoit ceux
qui l'avoient accompagnée, mais elle leur avoit
tant défendu de conter à personne son aventure
qu'ils n'osoient en parler. Enfin la reine, inquiète
de ce qu'elle avoit promis aux fées, voyant approcher le temps de ses couches, tomba dans une mé-
lancolie affreuse ; elle soupiroit à tout moment et
changeoit à vue d'œil. Le roi s'inquiéta ; il pressa

la reine de lui déclarer le sujet de sa tristesse; et, après des peines extrêmes, elle lui apprit tout ce qui s'étoit passé entre les fées et elle, et comment elle leur avoit promis la fille qu'elle devoit avoir. « Quoi! s'écria le roi, nous n'avons point d'en-« fans, vous savez à quel point j'en désire, et « pour manger deux ou trois pommes vous avez « été capable de promettre votre fille? Il faut que « vous n'ayez aucune amitié pour moi. » Là-dessus il l'accabla de mille reproches, dont ma pauvre mère pensa mourir de douleur; mais il ne se con-tenta pas de cela, il la fit enfermer dans une tour, et mit des gardes de tous côtés pour empêcher qu'elle n'eût commerce avec qui que ce soit au monde, que les officiers qui la servoient, encore changea-t-il ceux qui avoient été avec elle au châ-teau des fées.

« La mauvaise intelligence du roi et de la reine jeta la cour dans une consternation infinie. Chacun quitta ses riches habits pour en prendre de con-formes à la douleur générale. Le roi, de son côté, paroissoit inexorable, il ne voyoit plus sa femme; et, sitôt que je fus née, il me fit apporter dans son palais pour y être nourrie, pendant qu'elle restoit prisonnière et fort malheureuse. Les fées n'igno-roient rien de ce qui se passoit; elles s'en irri-tèrent, elles vouloient m'avoir, elles me regardoient comme leur bien, et que c'étoit leur faire un vol que de me retenir. Avant que de chercher une vengeance proportionnée à leur chagrin, elles envoyèrent une célèbre ambassade au roi, pour l'avertir de mettre la reine en liberté, et de lui rendre ses bonnes grâces, et pour le prier aussi de me donner à leurs ambassadeurs, afin d'être nourrie et élevée parmi elles. Les ambassadeurs étoient si petits et si contrefaits, car c'étoient des nains hideux, qu'ils n'eurent pas le don de persuader ce qu'ils vouloient au roi. Il les refusa rudement ; et, s'ils n'étoient partis en diligence, il leur seroit peut-être arrivé pis.

« Quand les fées surent le procédé de mon père, elles s'indignèrent autant qu'on peut l'être ; et, après avoir envoyé dans ses six royaumes tous les maux qui pouvoient les désoler, elles lâchèrent un dragon épouvantable, qui remplissoit de venin les endroits où il passoit, qui mangeoit les hommes et les enfans, et qui faisoit mourir les arbres et les plantes du souffle de son haleine.

« Le roi se trouva dans la dernière désolation : il consulta tous les sages de son royaume sur ce qu'il devoit faire pour garantir ses sujets des malheurs dont il les voyoit accablés. Ils lui conseillèrent d'envoyer chercher par tout le monde les meilleurs médecins et les plus excellens remèdes, et, d'un autre côté, qu'il falloit promettre la vie aux criminels condamnés à la mort qui voudroient combattre le dragon. Le roi, assez satisfait de cet avis, l'exécuta et n'en reçut aucune consolation : car la mortalité continuoit, et personne n'alloit contre le dragon qui n'en fût dévoré ; de sorte qu'il eut recours à une fée dont il étoit protégé dès sa plus tendre jeunesse. Elle étoit fort vieille, et ne se levoit presque plus ; il alla chez elle, il lui fit mille reproches de souffrir que le destin le persécutât sans le secourir. « Comment voulez-« vous que je fasse ? lui dit-elle ; vous avez irrité « mes sœurs ; elles ont autant de pouvoir que « moi, et rarement nous agissons les unes contre « les autres. Songez à les apaiser en leur donnant « votre fille : cette petite princesse leur appartient ; « vous avez mis la reine dans une étroite prison : « que vous a donc fait cette femme si aimable pour « la traiter si mal ? Résolvez-vous de tenir la pa-« role qu'elle a donnée ; je vous assure que vous « serez comblé de biens. »

« Le roi mon père m'aimoit chèrement ; mais, ne voyant point d'autre moyen de sauver ses royaumes et de se délivrer du fatal dragon, il dit à son amie qu'il étoit résolu de la croire, qu'il vouloit bien me donner aux fées, puisqu'elle assuroit que je serois chérie et traitée en princesse de mon rang ; qu'il feroit aussi revenir la reine, et qu'elle n'avoit qu'à lui dire à qui il me confieroit pour me porter au château de féerie. « Il faut, lui dit-elle, la

« porter dans son berceau sur la Montagne de
« fleurs, vous pourrez même rester aux environs
« pour être spectateur de la fête qui se passera. »
Le roi lui dit que dans huit jours il iroit avec la
reine, qu'elle en avertît ses sœurs les fées, afin
qu'elles fissent là-dessus ce qu'elles jugeroient à
propos.

« Dès qu'il fut de retour au palais, il renvoya
querir la reine avec autant de tendresse et de
pompe qu'il l'avoit fait mettre prisonnière avec
colère et emportement. Elle étoit si abattue et si
changée qu'il auroit eu peine à la reconnoître, si son cœur ne l'avoit pas assuré que c'étoit
cette même personne qu'il avoit tant chérie. Il la
pria, les larmes aux yeux, d'oublier les déplaisirs
qu'il venoit de lui causer, et que ce seroient les
derniers qu'elle éprouveroit jamais avec lui. Elle
répliqua qu'elle se les étoit attirés par l'imprudence
qu'elle avoit eue de promettre sa fille aux fées,
et que, si quelque chose la pouvoit rendre excu-
sable, c'étoit l'état où elle étoit; enfin il lui déclara qu'il vouloit me remettre entre leurs mains.
La reine, à son tour, combattit ce dessein; il sembloit que quelque fatalité s'en mêloit, et que je
devois être toujours un sujet de discorde entre
mon père et ma mère. Après qu'elle eut bien
gémi et pleuré, sans rien obtenir de ce qu'elle
souhaitoit (car le roi en voyoit trop les funestes

conséquences, et nos sujets continuoient de mourir, comme s'ils eussent été coupables des fautes de notre famille), elle consentit à ce qu'il désiroit, et l'on prépara tout pour la cérémonie.

« Je fus mise dans un berceau de nacre de perle orné de tout ce que l'art peut faire imaginer de plus galant. Ce n'étoient que guirlandes de fleurs et festons qui pendoient autour, et les fleurs en étoient de pierreries, dont les différentes couleurs, frappées par le soleil, réfléchissoient des rayons si brillans qu'on ne les pouvoit regarder. La magnificence de mon ajustement surpassoit, s'il se peut, celle du berceau. Toutes les bandes de mon maillot étoient faites de grosses perles, vingt-quatre princesses du sang me portoient sur une espèce de brancard fort léger; leurs parures n'avoient rien de commun; mais il ne leur fut pas permis de mettre d'autres couleurs que du blanc, par rapport à mon innocence. Toute la cour m'accompagna, chacun dans son rang.

« Pendant que l'on montoit la montagne, on entendit une mélodieuse symphonie qui s'approchoit; enfin les fées parurent au nombre de trente-six, elles avoient prié leurs bonnes amies de venir avec elles, chacune étoit assise dans une coquille de perle plus grande que celle où Vénus étoit lorsqu'elle sortit de la mer; des chevaux marins, qui n'alloient guère bien sur terre, les traînoient, plus pompeuses que les premières reines de l'univers, mais d'ailleurs vieilles et laides avec excès. Elles portoient une branche d'olivier, pour signifier au roi que sa soumission trouvoit grâce devant elles , et, lorsqu'elles me tinrent, ce furent des caresses si extraordinaires qu'il sembloit qu'elles ne vouloient plus vivre que pour me rendre heureuse.

« Le dragon qui avoit servi à les venger contre mon père venoit après elles, attaché avec des chaînes de diamans; elles me prirent entre leurs bras, me firent mille caresses, me douèrent de plusieurs avantages, et commencèrent ensuite le branle des fées. C'est une danse fort gaie ; il n'est pas croyable combien ces vieilles dames sautèrent et gambadèrent; puis le dragon qui avoit mangé tant de personnes s'approcha en rampant. Les trois fées à qui ma mère m'avoit promise s'assirent dessus, mirent mon berceau au milieu d'elles, et, frappant le dragon avec une baguette, il déploya aussitôt ses grandes ailes écaillées, plus fines que du crêpe; elles étoient mêlées de mille couleurs bizarres : elles se rendirent ainsi à leur château. Ma mère, me voyant en l'air exposée sur ce furieux dragon, ne put s'empêcher de pousser de grands cris. Le roi la consola par l'assurance que son amie lui avoit donnée qu'il ne m'arriveroit aucun accident, et que l'on prendroit le même soin de moi que si j'étois restée dans son propre palais.

Elle s'apaisa, bien qu'il lui fût très douloureux de me perdre pour si longtemps, et d'en être la seule cause : car, si elle n'avoit pas voulu manger les fruits du jardin, je serois demeurée dans le royaume de mon père, et je n'aurois pas eu tous les déplaisirs qui me restent à vous raconter.

« Sachez donc, fils de roi, que mes gardiennes avoient bâti exprès une tour dans laquelle on trouvoit mille beaux appartemens pour toutes les saisons de l'année, des meubles magnifiques, des livres agréables; mais il n'y avoit point de porte, et il falloit toujours entrer par les fenêtres, qui étoient prodigieusement hautes. L'on trouvoit un beau jardin sur la tour, orné de fleurs, de fontaines et de berceaux de verdure qui garantissoient de la chaleur dans la plus ardente canicule. Ce fut en ce lieu que les fées m'élevèrent avec des soins qui surpassoient tout ce qu'elles avoient promis à la reine. Mes habits étoient des plus à la mode, et si magnifiques que, si quelqu'un m'avoit vue, l'on auroit cru que c'étoit le jour de mes noces. Elles m'apprenoient tout ce qui convenoit à mon âge et à ma naissance; je ne leur donnois pas beaucoup de peine, car il n'y avoit guère de choses que je ne comprisse avec une extrême facilité; ma douceur leur étoit fort agréable, et, comme je n'avois jamais rien vu qu'elles, je serois demeurée tranquille dans cette situation le reste de ma vie.

« Elles venoient toujours me voir, montées sur
le furieux dragon dont j'ai déjà parlé; elles ne
m'entretenoient jamais ni du roi ni de la reine;
elles me nommoient leur fille, et je croyois l'être.
Personne au monde ne restoit avec moi dans la
tour, qu'un perroquet et un petit chien qu'elles
m'avoient donnés pour me divertir, car ils étoient
doués de raison et parloient à merveille.

« Un des côtés de la tour étoit bâti sur un
chemin creux, plein d'ornières et d'arbres qui l'em-
barrassoient; de sorte que je n'y avois aperçu personne depuis qu'on m'avoit enfermée. Mais un
jour, comme j'étois à la fenêtre, causant avec mon
perroquet et mon chien, j'entendis quelque bruit.
Je regardai de tous côtés, et j'aperçus un jeune
chevalier qui s'étoit arrêté pour écouter notre conversation ; je n'en avois jamais vu qu'en peinture.
Je ne fus pas fâchée qu'une rencontre inespérée
me fournît cette occasion; de sorte que, ne me dé-
fiant point du danger qui est attaché à la satisfaction de voir un objet aimable, je m'avançai
pour le regarder, et plus je le regardois, plus j'y
prenois de plaisir. Il me fit une profonde révérence, il attacha ses yeux sur moi, et me parut très
en peine de quelle manière il pourroit m'entretenir : car ma fenêtre étoit fort haute, il craignoit
d'être entendu, et il savoit bien que j'étois dans le
château des fées.

« La nuit vint presque tout d'un coup, ou, pour parler plus juste, elle vint sans que nous nous en aperçussions; il sonna deux ou trois fois du cor, et me réjouit de quelques fanfares, puis il partit sans que je pusse même distinguer de quel côté il alloit, tant l'obscurité étoit grande. Je restai très rêveuse; je ne sentis plus le même plaisir que j'avois toujours pris à causer avec mon perroquet et mon chien. Ils me disoient les plus jolies choses du monde, car des bêtes fées deviennent spirituelles; mais j'étois occupée, et je ne savois point l'art de me contraindre. Perroquet le remarqua; il étoit fin, il ne témoigna rien de ce qui lui rouloit dans la tête.

« Je ne manquai pas de me lever avec le jour. Je courus à ma fenêtre; je demeurai agréablement surprise d'apercevoir au pied de la tour le jeune chevalier. Il avoit des habits magnifiques; je me flattai que j'y avois un peu de part, et je ne me trompois point. Il me parla avec une espèce de trompette qui porte la voix, et, par son secours, il me dit qu'ayant été insensible jusqu'alors à toutes les beautés qu'il avoit vues, il s'étoit senti tout d'un coup si vivement frappé de la mienne qu'il ne pouvoit comprendre comme quoi il se passeroit sans mourir de me voir tous les jours de sa vie. Je demeurai très contente de son compliment, et très inquiète de n'oser y répondre : car il auroit

fallu crier de toute ma force, et me mettre dans le
risque d'être mieux entendue encore des fées que
de lui. Je tenois quelques fleurs que je lui jetai, il
les reçut comme une insigne faveur; de sorte qu'il
les baisa plusieurs fois et me remercia. Il me demanda ensuite si je trouverois bon qu'il vînt tous les
jours à la même heure sous mes fenêtres, et que, si
je le voulois bien, je lui jetasse quelque chose.
J'avois une bague de turquoise, que j'ôtai brusquement de mon doigt, et que je lui jetai avec
beaucoup de précipitation, lui faisant signe de
s'éloigner en diligence; c'est que j'entendois de
l'autre côté la fée Violente qui montoit sur son
dragon pour m'apporter à déjeuner.

« La première chose qu'elle dit en entrant dans
ma chambre, ce furent ces mots : « Je sens ici la
« voix d'un homme; cherche, dragon. » Oh! que
devins-je ! j'étois transie de peur qu'il ne passât
par l'autre fenêtre et qu'il ne suivît le chevalier,
pour lequel je m'intéressois déjà beaucoup. « En
« vérité, dis-je, ma bonne maman (car la vieille
« fée vouloit que je la nommasse ainsi), vous plai-
« santez quand vous dites que vous sentez la voix
« d'un homme; est-ce que la voix sent quelque
« chose? et, quand cela seroit, quel est le mortel
« assez téméraire pour hasarder de monter dans
« cette tour? — Ce que tu dis est vrai, ma fille,
« répondit-elle, je suis ravie de te voir raisonner

« si joliment, et je conçois que c'est la haine que
« j'ai pour tous les hommes qui me persuade quel-
« quefois qu'ils ne sont pas éloignés de moi. »
Elle me donna mon déjeuner et ma quenouille.
« Quand tu auras mangé, ne manque pas de filer,
« car tu ne fis rien hier, me dit-elle, et mes sœurs
« se fâcheront. » En effet, je m'étois si fort occupée de l'inconnu qu'il m'avoit été impossible de
filer.

« Dès qu'elle fut partie, je jetai la quenouille
d'un petit air mutin, et montai sur la terrasse
pour découvrir de plus loin dans la campagne.
J'avois une lunette d'approche excellente; rien ne
bornoit ma vue, je regardois de tous côtés, lorsque je découvris mon chevalier sur le haut d'une
montagne. Il se reposoit sous un riche pavillon
d'étoffe d'or, et il étoit entouré d'une fort grosse
cour. Je ne doutai point que ce ne fût le fils de
quelque roi voisin du palais des fées ; comme je
craignois que s'il revenoit à la tour il ne fût découvert par le terrible dragon, je vins prendre mon
perroquet, et lui dis de voler jusqu'à cette montagne, qu'il y trouveroit celui qui m'avoit parlé, et
qu'il le priât de ma part de ne plus revenir, parce
que j'appréhendois la vigilance de mes gardiennes
et qu'elles ne lui fissent un mauvais tour.

« Perroquet s'acquitta de sa commission en perroquet d'esprit. Chacun demeura surpris de le voir

venir à tire-d'aile se percher sur l'épaule du
prince, et lui parler tout bas à l'oreille. Le prince
ressentit de la joie et de la peine de cette ambassade. Le soin que je prenois flattoit son cœur ;
mais les difficultés qui se rencontroient à me parler l'accabloient, sans pouvoir le détourner du
dessein qu'il avoit formé de me plaire. Il fit cent
questions à Perroquet, et Perroquet lui en fit cent
à son tour, car il étoit naturellement curieux. Le
roi le chargea d'une bague pour moi, à la place
de ma turquoise ; c'en étoit une aussi, mais beaucoup plus belle que la mienne ; elle étoit taillée en
cœur avec des diamans. « Il est juste, ajouta-t-il,
« que je vous traite en ambassadeur ; voilà mon
« portrait que je vous donne ; ne le montrez qu'à
« votre charmante maîtresse. » Il lui attacha sous
son aile son portrait, et il apporta la bague dans
son bec.

« J'attendois le retour de mon petit courrier
vert avec une impatience que je n'avois point
connue jusqu'alors. Il me dit que celui à qui je
l'avois envoyé étoit un grand roi, qu'il l'avoit reçu
le mieux du monde, et que je pouvois m'assurer
qu'il ne vouloit plus vivre que pour moi ; qu'encore qu'il y eût beaucoup de péril à venir au bas
de ma tour, il étoit résolu à tout, plutôt que de
renoncer à me voir. Ces nouvelles m'intriguèrent
fort, je me mis à pleurer. Perroquet et Toutou me

consolèrent de leur mieux, car ils m'aimoient tendrement. Puis Perroquet me présenta la bague du
prince, et me montra le portrait. J'avoue que je
n'ai jamais été si aise que je le fus de pouvoir considérer de près celui que je n'avois vu que de loin.
Il me parut encore plus aimable qu'il ne m'avoit
semblé ; il me vint cent pensées dans l'esprit, dont
les unes agréables, et les autres tristes, me donnèrent un air d'inquiétude extraordinaire. Les fées
qui vinrent me voir s'en aperçurent. Elles se dirent
l'une à l'autre que sans doute je m'ennuyois, et
qu'il falloit songer à me trouver un époux de race
fée. Elles parlèrent de plusieurs, et s'arrêtèrent sur
le petit roi Migonnet, dont le royaume étoit à
cinq cent mille lieues de leur palais ; mais ce n'é-
toit pas là une affaire. Perroquet entendit ce beau
conseil ; il vint m'en rendre compte, et me dit :
« Ha ! que je vous plains, ma chère maîtresse, si
« vous devenez la reine Migonnette ! c'est un
« magot qui fait peur : j'ai regret de vous le dire,
« mais, en vérité, le roi qui vous aime ne voudroit
« pas de lui pour être son valet de pied. — Est-ce
« que tu l'as vu, Perroquet ? — Je le crois vrai-
« ment, continua-t-il, j'ai été élevé sur une bran-
« che avec lui. — Comment ! sur une branche ?
« repris-je. — Oui, dit-il, c'est qu'il a les pieds
« d'un aigle. »

« Un tel récit m'affligea étrangement ; je regar-

dois le charmant portrait du jeune roi, je pensois
bien qu'il n'en avoit régalé Perroquet que pour
me donner lieu de le voir; et, quand j'en faisois
comparaison avec Migonnet, je n'espérois plus
rien de ma vie, et je me résolvois plutôt à mourir
qu'à l'épouser.

« Je ne dormis point tant que la nuit dura.
Perroquet et Toutou causèrent avec moi; je m'en-
dormis un peu sur le matin; et, comme mon chien
avoit le nez bon, il sentit que le roi étoit au pied
de la tour. Il éveilla Perroquet. « Je gage, dit-il,
« que le roi est là-bas. » Perroquet répondit :
« Tais-toi, babillard, parce que tu as presque tou-
« jours les yeux ouverts et l'oreille alerte, tu es
« fâché du repos des autres. — Mais gageons, dit
« encore le bon toutou, je sais bien qu'il y est. »
Perroquet répliqua : « Et moi, je sais bien qu'il
« n'y est point; ne lui ai-je pas défendu d'y venir
« de la part de notre maîtresse? — Ah! vraiment,
« tu me la donnes belle avec tes défenses, s'écria
« mon chien; un homme passionné ne consulte
« que son cœur. » Et là-dessus il se mit à lui ti-
railler si fort les ailes que Perroquet se fâcha. Je
m'éveillai aux cris de l'un et de l'autre; ils me dirent ce qui en faisoit le sujet; je courus, ou plutôt
je volai à ma fenêtre; je vis le roi qui me tendoit
les bras, et qui me dit avec sa trompette qu'il ne
pouvoit plus vivre sans moi, qu'il me conjuroit de

trouver les moyens de sortir de ma tour, ou de l'y faire entrer; qu'il attestoit tous les dieux et tous les élémens qu'il m'épouseroit aussitôt, et que je serois une des plus grandes reines de l'univers.

« Je commandai à Perroquet de lui aller dire que ce qu'il souhaitoit me sembloit presque impossible; que cependant, sur la parole qu'il me donnoit et les sermens qu'il avoit faits, j'allois m'appliquer à ce qu'il désiroit; que je le conjurois de ne pas venir tous les jours, qu'enfin l'on pourroit s'en apercevoir, et qu'il n'y auroit point de quartier avec les fées.

« Il se retira comblé de joie par l'espérance dont je le flattois; et je me trouvai dans le plus grand embarras du monde lorsque je fis réflexion à ce que je venois de promettre. Comment sortir de cette tour, où il n'y avoit point de portes, et n'avoir pour tout secours que Perroquet et Toutou? Être si jeune, si peu expérimentée, si craintive! Je pris donc la résolution de ne point tenter une chose où je ne réussirois jamais, et je l'envoyai dire au roi par Perroquet. Il voulut se tuer à ses yeux; mais enfin il le chargea de me persuader ou de le venir voir mourir, ou de le soulager. « Sire, « s'écria l'ambassadeur emplumé, ma maîtresse est « suffisamment persuadée, elle ne manque que de « pouvoir. »

« Quand il me rendit compte de tout ce qui

s'étoit passé, je m'affligeai plus que je ne l'eusse encore fait. La fée Violente vint, elle me trouva les yeux enflés et rouges ; elle dit que j'avois pleuré, et que, si je ne lui en avouois le sujet, elle me brûleroit : car toutes ses menaces étoient toujours terribles. Je répondis, en tremblant, que j'étois lasse de filer, et que j'avois envie de faire de petits filets pour prendre des oisillons qui venoient becqueter les fruits de mon jardin. « Ce que « tu souhaites, ma fille, me dit-elle, ne te coûtera « plus de larmes, je t'apporterai des cordelettes « tant que tu en voudras. » Et, en effet, j'en eus le soir même ; mais elle m'avertit de songer moins à travailler qu'à me faire belle, parce que le roi Migonnet devoit arriver dans peu. Je frémis à ces fâcheuses nouvelles, et ne répliquai rien.

« Dès qu'elle fut partie, je commençai deux ou trois morceaux de filet ; mais à quoi je m'appliquai, ce fut à faire une échelle de corde, qui étoit très bien faite, sans en avoir jamais vu. Il est vrai que la fée ne m'en fournissoit pas autant qu'il m'en falloit, et sans cesse elle me disoit : « Mais, ma fille, « ton ouvrage est semblable à celui de Pénélope, « il n'avance point, et tu ne te lasses pas de me « demander de quoi travailler. — Oh ! ma bonne « maman, disois-je, vous en parlez bien à votre « aise ; ne voyez-vous pas que je ne sais comment « m'y prendre, et que je brûle tout ? Avez-vous

« peur que je vous ruine en ficelle? » Mon air de
simplicité la réjouissoit, bien qu'elle fût d'une humeur très désagréable et très cruelle.

« J'envoyai Perroquet dire au roi de venir un
soir sous les fenêtres de la tour, qu'il y trouveroit
l'échelle, et qu'il sauroit le reste quand il seroit
arrivé. En effet, je l'attachai bien ferme, résolue de
me sauver avec lui ; mais quand il la vit, sans attendre que je descendisse, il monta avec empres-
sement, et se jeta dans ma chambre comme je
préparois tout pour ma fuite.

« Sa vue me donna tant de joie que j'en ou-
bliai le péril où nous étions. Il renouvela tous ses
sermens et me conjura de ne point différer de le
recevoir pour mon époux ; nous prîmes Perroquet
et Toutou pour témoins de notre mariage ; jamais
noces ne se sont faites, entre des personnes si éle-
vées, avec moins d'éclat et de bruit, et jamais
cœurs n'ont été plus contens que les nôtres.

« Le jour n'étoit pas encore venu quand le roi
me quitta ; je lui racontai l'épouvantable dessein des
fées de me marier au petit Migonnet ; je lui dé-
peignis sa figure, dont il eut autant d'horreur que
moi. A peine fut-il parti que les heures me sem-
blèrent aussi longues que des années ; je courus à
la fenêtre, je le suivis des yeux malgré l'obscurité ;
mais quel fut mon étonnement de voir en l'air un
chariot de feu traîné par des salamandres ailées,

qui faisoient une telle diligence que l'œil pouvoit
à peine le suivre! Ce chariot étoit accompagné de
plusieurs gardes montés sur des autruches. Je n'eus
pas assez de loisir pour bien considérer le magot
qui traversoit ainsi les airs; mais je crus aisément
que c'étoit une fée ou un enchanteur.

« Peu après, la fée Violente entra dans ma
chambre. « Je t'apporte de bonnes nouvelles, me
« dit-elle : ton amant est arrivé depuis quelques
« heures; prépare-toi à le recevoir; voici des ha-
« bits et des pierreries. — Eh! qui vous a dit,
« m'écriai-je, que je voulois être mariée? ce n'est
« point du tout mon intention, renvoyez le roi
« Migonnet, je n'en mettrois pas une épingle
« davantage; qu'il me trouve belle ou laide, je ne
« suis point pour lui. — Ouais, ouais! dit la fée
« en colère, quelle petite révoltée, quelle tête sans
« cervelle! je n'entens pas raillerie, et je te... —
« Que me ferez-vous? répliquai-je, toute rouge
« des noms qu'elle m'avoit donnés. Peut-on être
« plus tristement nourrie que je le suis, dans une
« tour avec un perroquet et un chien, voyant tous
« les jours plusieurs fois l'horrible figure d'un
« dragon épouvantable! — Ah! petite ingrate,
« dit la fée, méritois-tu tant de soins et de peines?
« Je ne l'ai que trop dit à mes sœurs, que nous en
« aurions une triste récompense. » Elle fut les
trouver, elle leur raconta notre différend; elles

restèrent aussi surprises les unes que les autres.

« Perroquet et Toutou me firent de grandes remontrances, que, si je faisois davantage la mutine,
ils prévoyoient qu'il m'en arriveroit de cuisans
déplaisirs. Je me sentois si fière de posséder le
cœur d'un grand roi que je méprisois les fées et
les conseils de mes pauvres petits camarades. Je
ne m'habillai point, et j'affectai de me coiffer de
travers, afin que Migonnet me trouvât désagréable. Notre entrevue se fit sur la terrasse. Il y
vint dans son chariot de feu ; jamais, depuis qu'il
y a des nains, il ne s'en est vu un si petit. Il marchoit sur ses pieds d'aigle et sur les genoux tout
ensemble, car il n'avoit point d'os aux jambes , de
sorte qu'il se soutenoit sur deux béquilles de diamans. Son manteau royal n'avoit qu'une demi-
aune de long, et traînoit de plus d'un tiers. Sa
tête étoit grosse comme un boisseau, et son nez si
grand qu'il portoit dessus une douzaine d'oiseaux,
dont le ramage le réjouissoit ; il avoit une si furieuse barbe que les serins de Canarie y faisoient
leurs nids, et ses oreilles passoient d'une coudée
au-dessus de sa tête ; mais on s'en apercevoit peu,
à cause d'une haute couronne pointue qu'il portoit pour paroître plus grand. La flamme de son
chariot rôtit les fruits, sécha les fleurs et tarit les
fontaines de mon jardin. Il vint à moi les bras
ouverts pour m'embrasser, je me tins fort droite,

il fallut que son premier écuyer le haussât ; mais,
aussitôt qu'il s'approcha, je m'enfuis dans ma chambre, dont je fermai la porte et les fenêtres, de
sorte que Migonnet se retira chez les fées très
indigné contre moi.

« Elles lui demandèrent mille fois pardon de ma
brusquerie, et, pour l'apaiser, car il étoit redoutable, elles résolurent de l'amener la nuit dans ma
chambre pendant que je dormirois, de m'attacher
les pieds et les mains pour me mettre avec lui
dans son brûlant chariot, afin qu'il m'emmenât.
La chose ainsi arrêtée, elles me grondèrent à peine
des brusqueries que j'avois faites. Elles dirent seulement qu'il falloit songer à les réparer. Perroquet
et Toutou restèrent surpris d'une si grande douceur. « Savez-vous bien, ma maîtresse, dit mon
« chien, que le cœur ne m'annonce rien de bon?
« Mesdames les fées sont d'étranges personnes, et
« surtout Violente. » Je me moquai de ces alarmes,
et j'attendis mon cher époux avec mille impatiences : il en avoit trop de me voir pour tarder ; je
lui jetai l'échelle de corde, bien résolue de m'en
retourner avec lui ; il monta légèrement, et me dit
des choses si tendres que je n'ose encore les rap-
peler à mon souvenir.

« Comme nous parlions ensemble avec la même
tranquillité que nous aurions eue dans son palais,
nous vîmes enfoncer tout d'un coup les fenêtres de

ma chambre. Les fées entrèrent sur leur terrible dragon ; Migonnet les suivoit dans son chariot de feu, et tous ses gardes avec leurs autruches. Le roi, sans s'effrayer, mit l'épée à la main, et ne songea qu'à me garantir de la plus furieuse aventure qui se soit jamais passée. Car enfin, vous le dirai-je, Seigneur? ces barbares créatures poussèrent leur dragon sur lui, et à mes yeux il le dévora.

« Désespérée de son malheur et du mien, je me jetai dans la gueule de cet horrible monstre, voulant qu'il m'engloutît comme il venoit d'engloutir tout ce que j'aimois au monde. Il le vouloit bien aussi ; mais les fées, encore plus cruelles que lui, ne le voulurent pas. « Il faut, s'écrièrent-elles, la « réserver à de plus longues peines ; une prompte « mort est trop douce pour cette indigne créature. » Elles me touchèrent, je me vis aussitôt sous la figure d'une chatte blanche ; elles me conduisirent dans ce superbe palais, qui étoit à mon père ; elles métamorphosèrent tous les seigneurs et toutes les dames du royaume en chats et en chattes ; elles en laissèrent à qui l'on ne voyoit que les mains, et me réduisirent dans le déplorable état où vous me trouvâtes, me faisant savoir ma naissance, la mort de mon père, celle de ma mère, et que je ne serois délivrée de ma chatonique figure que par un prince qui ressembleroit parfaitement à l'époux qu'elles m'avoient ravi. C'est vous, Seigneur, qui avez cette ressemblance, continua-t-elle : mêmes traits, même air, même son de voix ; j'en fus frappée aussitôt que je vous vis ; j'étois informée de tout ce qui devoit arriver, et je le suis encore de tout ce qui arrivera, mes peines vont finir. — Et les miennes, belle reine, dit le prince en se jetant à ses pieds, seront-elles de longue durée ? — Je vous aime déjà plus que ma vie, Seigneur, dit la reine, il faut partir pour aller vers votre père, nous verrons ses sentimens pour moi, et s'il consentira à ce que vous désirez. »

Elle sortit, le prince lui donna la main, elle monta dans un chariot avec lui : il étoit beaucoup plus magnifique que ceux qu'il avoit eus jusqu'alors. Le reste de l'équipage y répondoit, à tel point que tous les fers des chevaux étoient d'émeraudes, et les clous, de diamans. Cela ne s'est peut-être jamais vu que cette fois-là. Je ne dis point les agréables conversations que la reine et le prince avoient ensemble : si elle étoit unique en beauté, elle ne l'étoit pas moins en esprit, et ce jeune prince étoit aussi parfait qu'elle, de sorte qu'ils pensoient des choses toutes charmantes.

Lorsqu'ils furent proche du château où les deux frères aînés du prince devoient se trouver, la reine entra dans un petit rocher de cristal, dont toutes les pointes étoient garnies d'or et de rubis. Il y

avoit des rideaux tout autour afin qu'on ne la
vît point, et il étoit porté par des jeunes hommes
très bien faits et superbement vêtus. Le prince
demeura dans le beau chariot; il aperçut ses frères
qui se promenoient avec des princesses d'une excellente beauté. Dès qu'ils le reconnurent, ils s'avancèrent pour le recevoir, et lui demandèrent s'il
amenoit une maîtresse : il leur dit qu'il avoit été
si malheureux que dans tout son voyage il n'en
avoit rencontré que de très laides ; que ce qu'il
apportoit de plus rare, c'étoit une petite chatte
blanche. Ils se prirent à rire de sa simplicité.
« Une chatte ! lui dirent-ils ; avez-vous peur que
les souris ne mangent notre palais? » Le prince répliqua qu'en effet il n'étoit pas sage de vouloir
faire un tel présent à son père. Là-dessus chacun
prit le chemin de la ville.

Les princes aînés montèrent avec leurs princesses dans des calèches toutes d'or et d'azur;
leurs chevaux avoient sur leurs têtes des plumes et
des aigrettes; rien n'étoit plus brillant que cette
cavalcade. Notre jeune prince alloit après, et puis
le rocher de cristal, que tout le monde regardoit
avec admiration.

Les courtisans s'empressèrent de venir dire au
roi que les trois princes arrivoient. « Amènent-ils
de belles dames? répliqua le roi. — Il est impossible de rien voir qui les surpasse. » A cette ré-

ponse il parut fâché. Les deux princes s'empressèrent de monter avec leurs merveilleuses princesses. Le roi les reçut très bien, et ne savoit à laquelle donner le prix ; il regarda son cadet, et lui
dit : « Cette fois-ci vous venez donc seul ? — Votre
Majesté verra dans ce rocher une petite chatte
blanche, répliqua le prince, qui miaule si doucement, et qui fait si bien patte de velours, qu'elle
lui agréera. » Le roi sourit, et fut lui-même pour
ouvrir le rocher ; mais, aussitôt qu'il s'approcha, la
reine avec un ressort en fit tomber toutes les
pièces, et parut comme le soleil qui a été quelque
temps enveloppé dans une nue : ses cheveux blonds
étoient épars sur ses épaules, ils tomboient par
grosses boucles jusqu'à ses pieds ; sa tête étoit
ceinte de fleurs ; sa robe d'une légère gaze blanche, doublée de taffetas couleur de rose. Elle se
leva et fit une profonde révérence au roi, qui ne
put s'empêcher, dans l'excès de son admiration, de
s'écrier : « Voici l'incomparable et celle qui mérite ma couronne.

— Seigneur, lui dit-elle, je ne suis pas venue
pour vous arracher un trône que vous remplissez
si dignement ; je suis née avec six royaumes : permettez que je vous en offre un, et que j'en donne
autant à chacun de vos fils. Je ne vous demande
pour toute récompense que votre amitié, et ce
jeune prince pour époux. Nous aurons encore

assez de trois royaumes. » Le roi et toute la cour
poussèrent de longs cris de joie et d'étonnement.
Le mariage fut célébré aussitôt, aussi bien que
celui des deux princes ; de sorte que toute la cour
passa plusieurs mois dans les divertissemens et les
plaisirs. Chacun ensuite partit pour aller gou-
verner ses Etats : la belle Chatte blanche s'y est
immortalisée, autant par ses bontés et ses libéra-
lités que par son rare mérite et sa beauté.

Ce jeune prince fut heureux
De trouver en sa Chatte une auguste princesse
Digne de recevoir son encens et ses vœux,
Et prête à partager ses soins et sa tendresse.
Quand deux yeux enchanteurs veulent se faire aimer,
On fait bien peu de résistance,
Surtout quand la reconnoissance
Aide encore à nous enflammer.
Tairai-je cette mère, et cette folle envie
Qui fit à Chatte blanche éprouver tant d'ennuis,
Pour goûter de funestes fruits ?
Au pouvoir d'une fée elle la sacrifie.
Mères, qui possédez des objets pleins d'appas,
Détestez sa conduite, et ne l'imitez pas.

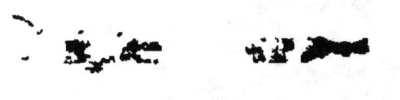

BELLE-BELLE

ou

LE CHEVALIER FORTUNÉ

L étoit une fois un roi fort aimable, fort doux et fort puissant ; mais l'empereur Matapa, son voisin, étoit encore plus puissant que lui. Ils avoient eu de grandes guerres l'un contre l'autre ; dans la dernière, l'empereur gagna une bataille considérable, et, après avoir tué ou fait prisonniers la plupart des capitaines et des soldats du roi, il vint assiéger sa ville capitale, et la prit ; de sorte qu'il se rendit maître de tous les trésors qui étoient dedans. Le roi eut à peine le loisir de se sauver avec la reine douairière, sa sœur. Cette princesse étoit demeurée veuve fort jeune ; elle avoit de l'esprit et de la beauté ; il est vrai qu'elle étoit fière, violente et d'un assez difficile accès.

L'empereur transporta toutés les pierreries et les meubles du roi dans son palais ; il emmena un nombre extraordinaire de soldats, de filles, de chevaux et de toutes les autres choses qui pouvoient lui être utiles ou agréables. Quand il eut dépeuplé la plus grande partie du royaume, il revint triomphant dans le sien, où il fut reçu par l'impératrice et par la princesse sa fille avec mille témoignages de joie.

Cependant le roi dépouillé ne souffroit pas sans impatience l'état où il se trouvoit. Il rassembla quelques troupes, dont il composa une petite armée, et, pour la grossir en peu de temps, il fit publier une ordonnance par laquelle il vouloit que les gentilshommes de son royaume vinssent le servir en personne, ou lui envoyassent un de leurs enfans, et qu'ils fussent bien équipés d'armes et de chevaux et disposés à seconder toutes ses entreprises.

Il y avoit vers la frontière un vieux seigneur, âgé de quatre-vingts ans, tout plein d'esprit et de sagesse, mais si mal partagé des biens de la fortune qu'après en avoir possédé beaucoup, il se voyoit réduit dans une espèce de pauvreté, qu'il auroit soufferte patiemment si elle ne lui avoit pas été commune avec trois belles filles qui lui restoient. Elles avoient tant de raison qu'elles ne murmurèrent point de leurs disgrâces ; et, si par hasard elles en parloient à leur père, c'étoit plutôt pour le consoler que pour rien ajouter à ses peines.

Elles passoient leur vie avec lui sans ambition, sous un toit rustique, lorsque l'ordonnance du roi parvint aux oreilles du vieillard ; il appela ses filles, et, les regardant tristement : « Qu'allons-nous faire ? leur dit-il. Le roi ordonne à toutes les personnes distinguées de son royaume de se rendre auprès de lui pour le servir contre l'empereur, ou il les condamne à une très grosse amende si elles y manquent. Je ne suis point en état de payer la taxe ; voilà de terribles extrémités, elles renferment ma mort ou notre ruine. » Ses trois filles s'affligèrent avec lui ; mais elles ne laissèrent pas de le prier de prendre un peu de courage, parce qu'elles étoient persuadées qu'elles pourroient trouver quelque remède à son affliction.

En effet, le lendemain matin, l'aînée alla trouver son père, qui se promenoit tristement dans un verger dont il prenoit lui-même le soin. « Seigneur, lui dit-elle, je viens vous supplier de me permettre de partir pour l'armée ; je suis d'une taille avantageuse, et assez robuste ; je m'habillerai en homme, et je passerai pour votre fils. Si je ne fais pas des actions héroïques, tout au moins je vous épargnerai le voyage ou la taxe, et c'est beaucoup en l'état où nous sommes. » Le comte l'embrassa tendrement, et voulut d'abord s'opposer à un dessein si extraordinaire ; mais elle lui dit avec tant de fermeté qu'elle n'envisageoit point d'autres remèdes qu'enfin il y consentit.

Il ne fut plus question que de lui faire des habits convenables au personnage qu'elle alloit jouer. Son père lui donna des armes, et le meilleur cheval de quatre qui servoient à labourer. Les adieux et les regrets furent tendres de part et d'autre. Après quelques journées de chemin, elle passa le long d'un pré bordé de haies vives. Elle vit une bergère bien affligée, qui tâchoit de retirer un de ses moutons d'un fossé où il étoit tombé. « Que faites-vous là, bonne bergère ? lui dit-elle. — Hélas ! répliqua la bergère, j'essaye de sauver mon mouton : il est presque noyé, et je suis si foible que je n'ai pas la force de le retirer. — Je vous plains », dit-elle, et, sans lui offrir son secours, elle s'éloigna. La bergère aussitôt lui cria : « Adieu, belle déguisée. » La surprise de notre belle héroïne ne se peut exprimer. « Comment ! dit-elle ; est-il possible que je sois si reconnoissable ? Cette vieille bergère m'a vue à peine un moment, et elle sait que je suis travestie. Où veux-je donc aller ? Je serai reconnue de tout le monde, et, si je le suis du roi, quelle sera ma honte et sa colère ? Il croira que mon père est un lâche, qui n'ose paroître dans les périls. » Après toutes ces réflexions, elle conclut qu'il falloit retourner sur ses pas.

Le comte et ses filles parloient d'elle, et comptoient les jours de son absence, lorsqu'ils la virent entrer. Elle leur apprit son aventure : le bonhomme lui dit qu'il l'avoit bien prévu ; que, si elle avoit voulu le croire, elle ne seroit point partie, parce qu'il est impossible qu'on ne connoisse pas une fille déguisée. Toute cette petite famille se trouvoit dans un nouvel embarras, ne sachant comment faire, quand la seconde fille vint à son tour trouver le comte. « Ma sœur, lui dit-elle, n'avoit jamais monté à cheval : il n'est point surprenant qu'on l'ait reconnue ; à mon égard, si vous me permettez d'aller à sa place, j'ose me promettre que vous en serez content. »

Quoi que le vieillard pût lui dire pour combattre son dessein, il n'en put venir à bout. Il fallut qu'il consentît à la voir partir ; elle prit un autre habit, d'autres armes et un autre cheval. Ainsi équipée, elle embrassa mille fois son père et ses sœurs, résolue de bien servir le roi ; mais, en passant par le même pré où sa sœur avoit vu la bergère et le mouton, elle le trouva au fond du fossé, et la bergère occupée à le retirer. « Malheureuse! s'écrioit-elle, la moitié de mon troupeau a péri de cette manière ; si quelqu'un m'aidoit, je pourrois sauver ce pauvre animal, mais tout le monde me fuit. — Eh quoi ! bergère, avez-vous si peu de soin de vos moutons que vous les laissez tomber dans l'eau? » Et, sans lui donner d'autre consolation, elle piqua son cheval.

La vieille lui cria de toute sa force : « Adieu, belle déguisée. » Ce peu de mots n'affligea pas médiocrement notre amazone. « Quelle fatalité! dit-elle ; me voilà aussi reconnue ; ce qui est arrivé à ma sœur m'arrive ; je ne suis pas plus heureuse qu'elle, et ce seroit une chose ridicule que j'allasse à l'armée avec un air si efféminé que tout le monde me reconnût. » Elle retourna sur-le-champ à la maison de son père, fort triste du mauvais succès de son voyage.

Il la reçut tendrement, et la loua d'avoir eu la prudence de revenir ; mais cela n'empêcha pas que le chagrin ne recommençât, avec d'autant plus de force qu'il en coûtoit l'étoffe de deux habits inutiles, et plusieurs autres petites choses. Le bon vieillard se désoloit en secret, parce qu'il ne vouloit pas montrer toute sa douleur à ses filles.

Enfin sa cadette vint le prier avec les dernières instances de lui accorder la même grâce qu'il avoit faite à ses sœurs. « Peut-être, dit-elle, que c'est une présomption d'espérer réussir mieux qu'elles ; mais cependant je ne laisserai pas de tenter l'aventure : ma taille est plus haute que la leur, vous savez que je vais tous les jours à la chasse, cet exercice ne laisse pas de donner quelque talent pour la guerre, et le désir extrême que j'ai de vous soulager dans vos peines m'inspire un courage extraordinaire. » Le comte l'aimoit beaucoup plus que ses deux autres sœurs; elle avoit tant de soin de lui qu'il la regardoit comme son unique consolation; elle lisoit des histoires agréables pour le divertir, elle le veilloit dans ses maladies, et tout le gibier qu'elle tuoit n'étoit que pour lui, de sorte qu'il employa des raisons pour la détourner de ce dessein encore plus fortes que celles dont il s'étoit servi à l'égard de ses sœurs. « Voulez-vous me quitter, ma chère fille ? lui disoit-il. Votre absence me causera la mort; quand il seroit vrai que la fortune favoriseroit votre voyage, et que vous reviendriez couverte de lauriers, je n'aurois pas le plaisir d'en être témoin : mon âge avancé et votre absence termineront ma vie. — Non, mon père, lui disoit Belle-belle (c'est ainsi qu'il l'avoit nommée), ne croyez pas que je tarde longtemps : il faudra bien que la guerre finisse; et, si je voyois quelque autre moyen de satisfaire aux ordres du roi, je ne le négligerois pas : car j'ose vous dire que, si mon éloignement vous cause de la peine, il m'en fait encore plus qu'à vous. » Il consentit enfin à ce qu'elle désiroit. Elle se fit faire un habit très simple : ceux de ses sœurs avoient trop coûté, et les finances du pauvre comte n'y pouvoient suffire; elle fut obligée de prendre un fort méchant cheval, parce que ses sœurs avoient presque estropié les deux autres, mais tout cela ne la découragea point. Elle embrassa son père, reçut respectueusement sa bénédiction, et, après avoir mêlé ses larmes à celles de son père et de ses sœurs, elle partit.

En passant par le pré dont j'ai déjà parlé, elle trouva la vieille bergère qui n'avoit point encore retiré son mouton, ou qui vouloit en retirer un autre du milieu d'un fossé profond. « Que faites-vous là, bergère ? dit Belle-belle en s'arrêtant. — Je ne fais plus rien, Seigneur, répondit la bergère : depuis qu'il est jour je suis occupée après ce mouton. Mes peines ont été inutiles, je suis si lasse que je ne puis respirer ; il n'y a guère de jour qu'il ne m'arrive quelque nouveau malheur, et je ne trouve personne qui y prenne part.

— Certainement je vous plains, dit Belle-belle ; mais, pour vous marquer ma pitié, je veux vous aider. » Elle descendit aussitôt de cheval ; il étoit si docile qu'elle ne prit pas la peine de l'attacher pour l'empêcher de s'enfuir ; et, sautant par-dessus la haie, après avoir essuyé quelques égratignures, elle se jeta dans le fossé. Elle se tourmenta tant qu'elle retira le bien-aimé mouton. « Ne pleurez plus, ma bonne mère, dit-elle à la bergère, voilà votre mouton, et, pour avoir été si ongtemps dans l'eau, je le trouve encore bien gai.

— Vous n'avez pas obligé une ingrate, dit la bergère; je vous connois, charmante Belle-belle, je sais où vous allez et tous vos desseins. Vos sœurs ont passé par ce pré; je les connoissois bien aussi, et je n'ignore pas ce qu'elles avoient dans l'esprit; mais elles m'ont paru si dures, et leur procédé avec moi a été si peu gracieux, que j'ai trouvé le moyen d'interrompre leur voyage. La chose est fort différente à votre égard; vous l'éprouverez, Belle-belle : car je suis fée, et mon inclination me porte à combler de biens ceux qui le méritent. Vous avez là un cheval dont la maigreur effraye; je veux vous en donner un. » Aussitôt elle toucha la terre de sa houlette, et sur-le-champ Belle-belle entendit hennir derrière un buisson; elle regarda promptement, elle aperçut le plus beau cheval du monde; il se mit à courir et à sauter dans le pré. Belle-belle, qui aimoit les chevaux, étoit ravie d'en voir un si parfait, lorsque la fée appela ce beau coursier, et, le touchant de sa houlette, elle dit : « Fidèle Camarade, sois mieux harnaché que le meilleur cheval de l'empereur Matapa. » Sur-le-champ Camarade eut une housse de velours vert en broderie de diamans et de rubis, une selle de même, et une bride toute de perles, avec les bossettes et le mors d'or; enfin l'on ne pouvoit rien trouver de plus magnifique.

« Ce que vous voyez, dit la fée, est la moindre

chose que l'on doive admirer dans ce cheval. Il a bien d'autres talens, dont je veux vous parler. Premièrement il ne mange qu'une fois en huit jours, il ne faut point prendre la peine de le panser ; il sait le passé, le présent et l'avenir ; il est à mon service depuis longtemps, je l'ai façonné comme pour moi.

« Lorsque vous souhaiterez d'être informée de quelque affaire, ou que vous aurez besoin de conseil, il ne faut que vous adresser à lui : il vous donnera de si bons avis que les souverains seroient bien heureux d'avoir des conseillers qui lui ressemblassent ; il faut donc que vous le regardiez plutôt comme votre ami que comme votre cheval. Au reste, votre habit n'est point à mon gré, je veux vous en donner un qui vous siéra fort bien. » Elle frappa la terre de sa houlette, il en sortit un grand coffre couvert de maroquin du Levant, clouté d'or ; les chiffres de Belle-belle étoient dessus. La fée chercha parmi les herbes une clef d'or faite en Angleterre ; elle en ouvrit le coffre : il étoit doublé de peau d'Espagne toute en broderie ; il y avoit dedans douze habits, douze cravates, douze épées, douze plumets, et ainsi de tout par douzaine ; les habits étoient si couverts de broderie et de diamans que Belle-belle avoit de la peine à les soulever. « Choisissez celui qui vous plaît davantage, lui dit la fée, et pour les au-

tres, ils vous suivront partout ; vous n'aurez qu'à
frapper du pied en disant : « Coffre de maroquin,
viens à moi plein d'habits ; coffre de maroquin,
viens à moi plein de linge et de dentelles ; coffre
de maroquin, viens à moi plein de pierreries et
d'argent. » Aussitôt vous le verrez, ou dans la campagne, ou dans votre chambre. Il faut aussi que
vous choisissiez un nom, car Belle-belle ne con-
vient pas au métier que vous allez faire ; il me
semble que vous pouvez vous appeler le chevalier
Fortuné. Mais il est bien juste encore que vous
me connoissiez : je vais prendre ma figure ordinaire devant vous. En même temps elle laissa
tomber sa vieille peau, et parut si merveilleuse
qu'elle éblouit les yeux de Belle-belle. Son habit
étoit de velours bleu doublé d'hermine, ses cheveux nattés avec des perles, et sur sa tête une superbe couronne.

Belle-belle, transportée d'admiration, se jeta à
ses pieds, et s'y prosterna avec un respect et une
reconnoissance inexprimables. La fée la releva et
l'embrassa tendrement ; elle lui dit de prendre un
habit de brocart or et vert : elle obéit à ses
ordres, et, montant à cheval, elle continua son
voyage, si pénétrée de toutes les choses extraordinaires qui venoient de se passer qu'elle ne
pensoit plus qu'à cela.

En effet, elle se demandoit à elle-même par quel

bonheur inespéré elle avoit pu s'attirer la bienveil-
lance d'une fée si puissante : « Car enfin, disoit-
elle, je ne lui étois pas nécessaire pour retirer
son mouton, puisqu'un seul coup de sa baguette
pourroit faire revenir un troupeau tout entier des
antipodes, s'il y étoit tombé. J'ai été bienheu-
reuse de me trouver si disposée à l'obliger ; ce rien
que j'ai fait pour elle est cause de tout ce qu'elle
a fait pour moi ; elle a connu mon cœur, et mes
sentimens lui ont été agréables. Ah ! si mon père
me voyoit à présent si magnifique et si riche,
quelle joie pour lui ! Mais tout au moins j'aurai le
plaisir de partager avec ma famille les biens qu'elle
m'a faits. »

En achevant ces diverses réflexions, elle arriva
dans une belle ville fort peuplée ; elle s'attira les
yeux de tout le monde ; on la suivoit, on l'entou-
roit, et chacun disoit : « S'est-il jamais vu un chevalier plus beau, mieux fait et plus richement
habillé ? Qu'il a de grâce à manier ce superbe
cheval ! »

On lui faisoit de profondes révérences, il les
rendoit d'un air honnête et civil. Lorsqu'il voulut
entrer dans l'hôtellerie, le gouverneur, qui se promenoit et qui l'avoit admiré en passant, envoya
un gentilhomme lui dire qu'il le prioit de venir à son
château. Le chevalier Fortuné (car il faut enfin l'appeler ainsi) répliqua que, n'ayant point l'honneur

de lui être connu, il ne vouloit pas prendre cette liberté; qu'il iroit le voir, et qu'il le supplioit de lui donner un de ses gens auquel il pût confier quelque chose de conséquence pour porter à son père. Le gouverneur lui envoya aussitôt un homme très fidèle, et Fortuné l'engagea de revenir le soir, parce que ses dépêches n'étoient pas encore commencées.

Il s'enferma dans sa chambre, puis, frappant du pied, il dit : « Coffre de maroquin, viens à moi plein de diamans et de pistoles. » Aussitôt le coffre parut ; mais il n'y avoit point de clef, et où la trouver? Quel dommage de rompre une serrure toute d'or, émaillée de plusieurs couleurs ! De plus, que n'auroit-il pas eu à craindre de l'indiscrétion d'un serrurier? A peine auroit-il parlé des trésors du chevalier que les voleurs se seroient assemblés pour le voler, et peut-être qu'ils l'auroient tué.

Le voilà donc à chercher la clef d'or partout ; et plus il la cherchoit, moins il la trouvoit. « Quelle désolation ! s'écrioit-il ; je ne pourrai me prévaloir des bontés de la fée, ni faire part à mon père du bien qu'elle m'a fait. » En rêvant ainsi, il pensa que le meilleur parti à prendre, c'étoit de consulter son cheval ; il descendit dans l'écurie, et lui dit tout bas : « Je te prie, mon Camarade, apprends-moi où je pourrai trouver la clef du coffre

de maroquin? — Dans mon oreille », répondit-il.
Fortuné regarda dans l'oreille de son cheval : il
aperçut un ruban vert, il le tire, et voit la clef qu'il
souhaitoit tant d'avoir. Il ouvrit le coffre de maroquin, où il y avoit plus de diamans et de pistoles
qu'il n'en pourroit tenir dans un muids. Le chevalier en emplit trois cassettes : une pour son père,
et les deux autres pour ses sœurs ; il en chargea
l'homme que le gouverneur lui avoit envoyé, et le
pria de ne s'arrêter ni jour ni nuit jusqu'à ce qu'il
fût arrivé chez le comte.

Ce messager fit la dernière diligence, et, quand
il dit au bon vieillard qu'il venoit de la part de son
fils le chevalier, et qu'il lui apportoit une cassette
bien lourde, il demeura surpris de ce qui pouvoit être dedans : car il étoit parti avec si peu d'argent qu'il ne le croyoit pas en état d'acheter
quelque chose, ni même de payer le voyage de
celui qu'il avoit chargé de son présent. Il ouvrit
d'abord sa lettre, et, lorsqu'il vit ce que sa chère
fille lui mandoit, il pensa expirer de joie ; la vue
des pierreries et de l'or lui confirma la vérité
de ses paroles. Ce qu'il y eut d'extraordinaire,
c'est que les deux sœurs de Belle-belle, ayant ouvert leurs boîtes, ne trouvèrent que des verrines
au lieu de diamans, et des pistoles fausses, la fée
ne voulant pas qu'elles se ressentissent de ses
bienfaits ; de sorte qu'elles s'imaginèrent que leur

sœur avoit voulu se moquer d'elles, et elles en conçurent un dépit inexprimable ; mais le comte, les voyant si fâchées, leur donna la plus grande partie des bijoux qu'il venoit de recevoir, et, sitôt qu'elles les touchèrent, ils changèrent comme les autres : elles jugèrent par là qu'un pouvoir inconnu agissoit contre elles, et prièrent leur père de garder ce qui restoit pour lui seul.

Le beau Fortuné n'attendit pas le retour de son messager, il partit ; son voyage étoit trop pressé, il falloit se rendre aux ordres du roi. Il fut chez le gouverneur, toute la ville s'y assembla pour le voir ; sa personne et toutes ses actions avoient un air si honnête qu'on ne pouvoit s'empêcher de l'admirer et de le chérir. Il ne disoit rien qui ne fît plaisir à entendre, et la foule étoit si grande autour de lui qu'il ne savoit à quoi attribuer une chose si extraordinaire : car, ayant toujours été à la campagne, il avoit vu très peu de monde.

Il continua son chemin sur son excellent cheval, qui l'entretenoit agréablement de mille nouvelles, ou de ce qu'il y avoit de plus remarquable dans les histoires anciennes et modernes. « Mon cher maître, disoit-il, je suis ravi d'être à vous ; je connois que vous avez beaucoup de franchise et d'honneur ; je suis rebuté de certaines gens avec lesquels j'ai vécu longtemps et qui me faisoient haïr la vie, tant leur société m'étoit insupportable. Il y avoit entre autres un homme qui me faisoit mille amitiés, qui m'élevoit au-dessus de Pégase et de Bucéphale lorsqu'il parloit devant moi ; mais, aussitôt qu'il ne me voyoit plus, il me traitoit de rosse et de mazette ; il affectoit de me louer sur mes défauts, pour me donner lieu d'en contracter de plus grands. Il est vrai qu'étant un jour fatigué de ses caresses, qui étoient, à proprement parler, des trahisons, je lui donnai un si terrible coup de pied que j'eus le plaisir de lui casser presque toutes les dents, et je ne le vois jamais depuis que je ne lui dise avec beaucoup de sincérité : « Il n'est pas juste qu'une « bouche qui s'ouvre si souvent pour déchirer ceux « qui ne vous font aucun chagrin soit aussi agréable « que celle d'un autre. — Ho ! ho ! s'écria le chevalier, tu es bien vif ! Ne craignois-tu point que cet homme en colère ne te passât son épée au travers du corps ? — Il n'importe pas, Seigneur, reprit Camarade, et puis j'aurois su son dessein dès qu'il l'auroit formé. »

Ils parloient ainsi, lorsqu'ils arrivèrent dans une vaste forêt. Camarade dit au chevalier : « Mon maître, il y a ici un homme qui nous peut être d'une grande utilité ; c'est un bûcheron ; il a été doué. — Qu'entends-tu par ce terme ? interrompit Fortuné. — *Doué* veut dire qu'il a reçu un ou plusieurs dons des fées, ajouta le cheval ; il faut que vous l'engagiez de venir avec vous. » En même temps il fut dans l'endroit où le bûcheron travailloit. Le jeune chevalier s'approcha d'un air doux et insinuant, et lui fit plusieurs questions sur le lieu où ils étoient : s'il y avoit des bêtes sauvages dans la forêt, et s'il étoit permis de chasser. Le bûcheron répondit à tout en homme de bon sens. Fortuné lui demanda encore où étoient allés ceux qui lui avoient aidé à jeter tant d'arbres par terre. Le bûcheron dit qu'il les avoit abattus tout seul, que c'étoit l'ouvrage de quelques heures, et qu'il falloit qu'il en abattît bien d'autres pour se charger un peu. « Quoi ! vous prétendez emporter aujourd'hui tout ce bois ? dit le chevalier. — Oh ! Seigneur, répliqua Forte-Échine (c'est ainsi qu'on le nommoit), je ne suis pas d'une force ordinaire. — Vous gagnez donc beaucoup ? dit Fortuné. — Très peu, répondit le bûcheron : car l'on est pauvre dans ce lieu ; ici chacun fait son ouvrage sans prier son voisin de le faire. — Puisque vous êtes dans un pays si peu opulent, ajouta le chevalier, il ne tiendra qu'à vous de passer ailleurs ; venez avec moi, rien ne vous manquera, et, quand vous voudrez revenir, je vous donnerai de l'argent pour votre voyage. » Le bûcheron crut ne pouvoir mieux faire ; il abandonna sa cognée, et suivit son nouveau maître.

Dès qu'il eut traversé la forêt, il vit un homme

dans la plaine, qui tenoit des rubans avec lesquels il s'attachoit les jambes, laissant si peu d'espace qu'il y en avoit à peine pour marcher. Camarade s'arrêta, et dit à son maître : « Seigneur, voici encore un doué ; vous en aurez besoin, il faut l'emmener. » Fortuné s'approcha, et avec sa grâce naturelle il lui demanda pourquoi il attachoit ainsi ses jambes. « C'est, répondit-il, que je me prépare pour la chasse. — Comment ! dit le chevalier en souriant ; prétendez-vous mieux courir quand vous êtes ainsi garrotté ? —Non, Seigneur, reprit-il, je suis persuadé que ma course sera moins rapide, mais c'est aussi mon dessein : car il n'y a point de cerf, de chevreuil ni de lièvre, que je ne devance de beaucoup quand mes jambes sont libres, de sorte que, les laissant toujours derrière moi, ils m'échappent, et je n'ai presque jamais le plaisir d'en prendre. — Vous me paroissez un homme rare, dit Fortuné. Comment vous appelezvous ? — L'on m'a nommé Léger, dit le chasseur, et je suis assez connu dans cette contrée. — Si vous en vouliez voir une autre, ajouta le chevalier, je serois très aise que vous vinssiez avec moi : vous n'auriez pas tant de peine, et je vous traiterois fort bien. » Léger étoit médiocrement heureux, il accepta volontiers le parti qui lui étoit proposé. Ainsi Fortuné, suivi de son nouveau domestique, continua son voyage.

Il trouva le lendemain un homme, sur le bord d'un marais, qui se bandoit les yeux ; le cheval dit à son maître : « Seigneur, je vous conseille de prendre encore cet homme à votre service. » Fortuné lui demanda aussitôt par quelle raison il se bandoit les yeux. « C'est, dit-il, que je vois trop clair : j'aperçois le gibier à plus de quatre lieues de moi, et je ne tire aucun coup sans en tuer plus que je n'en veux. Je suis donc obligé de me bander les yeux ; et, bien que je ne fasse qu'entrevoir, je dépeuple un pays de perdreaux et d'autres petits pieds en moins de deux heures.

— Vous êtes bien adroit, repartit Fortuné. — L'on m'appelle aussi le Bon-Tireur, dit cet homme, et je ne quitterois pas cette occupation pour aucune chose du monde. — J'ai pourtant grande envie de vous proposer celle de voyager avec moi, dit le chevalier, cela ne vous empêchera pas d'exercer votre talent. » Le Bon-Tireur en fit quelque difficulté, et le chevalier eut plus de peine à le gagner que les autres, car ils sont ordinairement assez amis de la liberté ; cependant il en vint à bout, et s'éloigna ensuite du marais où il s'étoit arrêté.

A quelques journées de là, il passa le long d'un pré ; il aperçut un homme dedans qui étoit couché sur le côté. Camarade lui dit : « Mon maître, cet homme est doué, je prévois qu'il vous est très nécessaire. » Fortuné entra dans le pré, et le pria

22

de lui dire ce qu'il y faisoit. « J'ai besoin de quelques simples, répondit-il, et j'écoute l'herbe qui
va sortir, pour voir s'il n'y en aura point de celles
qu'il me faut. — Quoi! dit le chevalier, vous avez
l'ouïe assez subtile pour entendre l'herbe sous la
terre et pour deviner celle qui va paroître ? — C'est
par cette raison, dit l'écouteur, que l'on m'appelle Fine-Oreille. — Hé bien, Fine-Oreille, continua Fortuné, seriez-vous d'humeur à me suivre ? Je
vous donnerois d'assez gros gages pour que vous
eussiez lieu d'en être content. » Cet homme, charmé d'une si agréable proposition, n'hésita point à
se mettre au nombre des autres.

Le chevalier, continuant sa route, vit proche d'un
grand chemin un homme dont les joues enflées
faisoient un assez plaisant effet ; il étoit debout,
tourné vers une haute montagne, éloignée de plus
de deux lieues, sur laquelle il y avoit cinquante
ou soixante moulins à vent. Le cheval dit à son
maître : « Voici un de nos doués : gardez-vous de
manquer l'occasion de l'emmener avec vous. »
Fortuné, qui sçavoit tout engager dès qu'il paroissoit ou qu'il parloit, aborde cet homme, et lui
demande ce qu'il faisoit là. « Je souffle un peu,
Seigneur, lui dit-il, pour faire moudre tous ces
moulins. — Il me semble que vous êtes bien éloigné, reprit le chevalier. — Au contraire, répliqua
le souffleur, je trouve que je suis trop près; et, si

je ne retenois la moitié de mon haleine, j'aurois
déjà renversé les moulins, et peut-être la montagne où ils sont. Je cause de cette manière mille
maux sans le vouloir, et je vous dirai, Seigneur,
qu'étant fort amoureux et fort maltraité de ma
maîtresse, comme j'allois soupirer dans les bois,
mes soupirs déracinoient les arbres et faisoient un
désordre étrange, de manière que l'on ne m'appela plus dans ce canton que l'Impétueux. — Si
quelqu'un a de la peine de vous voir, dit Fortuné,
et que vous vouliez venir avec moi, voici des gens
qui vous tiendront compagnie : ils ont aussi des talens extraordinaires. — J'ai une curiosité si naturelle pour toutes les choses qui ne sont pas com-
munes, répliqua l'Impétueux, que j'accepte votre
proposition. »

Fortuné, très content, s'éloigna de ce lieu. Dès
qu'il eut traversé un pays assez ouvert, il vit un
grand étang où plusieurs sources tomboient ; il y
avoit au bord un homme qui le regardoit attentivement. « Seigneur, dit Camarade à son maître,
voici un homme qui manque à votre équipage ; si
vous pouviez l'engager de vous suivre, cela ne feroit pas mal. » Le chevalier s'approcha aussitôt de
lui. « Voulez-vous bien m'apprendre, lui dit-il,
ce que vous faites là ? — Seigneur, répondit cet
homme, vous l'allez voir : dès que cet étang sera
plein, je le boirai d'un trait, car j'ai encore soif,

bien que je l'aie déjà vidé deux fois. » En effet, il
se baissa, et ne laissa pas de quoi régaler le plus
petit poisson. Fortuné ne demeura pas moins surpris que toute sa troupe. « Hé quoi! dit-il, êtes-
vous toujours aussi altéré? — Non, dit le buveur
d'eau, je bois seulement de cette manière quand
j'ai mangé trop salé, ou qu'il s'agit de quelque ga-
geure; je suis connu depuis ce temps-là par le
nom de Trinquet qu'on me donne. — Venez avec
moi, Trinquet, dit le chevalier, je vous ferai trin-
quer du vin qui vous semblera meilleur que l'eau
d'un étang. » Cette promesse plut beaucoup à
celui à qui elle étoit faite, et sur-le-champ il se
mit à marcher avec les autres.

Le chevalier voyoit déjà le lieu du rendez-vous,
où tous les sujets du roi devoient s'assembler, lorsqu'il aperçut un homme qui mangeoit si avide-
ment qu'encore qu'il eût plus de soixante mille
pains de Gonesse devant lui, il paroissoit résolu de
n'en pas laisser un seul petit morceau. Camarade dit à son maître : « Seigneur, il ne vous
manque plus que cet homme-ci; de grâce, obligez-
le de venir avec vous. » Le chevalier l'aborda, et
lui dit en souriant : « Avez-vous résolu de manger
tout ce pain à votre déjeuner? — Oui, répliqua-
t-il; tout mon regret, c'est qu'il y en ait si peu;
mais les boulangers sont de francs paresseux qui
se mettent peu en peine que l'on ait faim ou non.

— S'il vous en faut tous les jours autant, ajouta
Fortuné, il n'y a guère de pays que vous ne soyez
en état d'affamer. — Oh ! Seigneur, repartit Grugeon (c'est ainsi qu'on l'appeloit), je serois bien
fâché d'avoir tant d'appétit : ni mon bien ni celui
de mes voisins n'y suffiroient pas ; il est vrai que de
temps en temps je suis bien aise de me régaler de
cette manière. — Mon ami Grugeon, dit Fortuné,
attachez-vous à moi ; je vous ferai faire bonne
chère, et vous ne serez pas mécontent de m'avoir
choisi pour maître. »

Camarade, qui ne manquoit ni d'esprit ni de pré-
voyance, avertit le chevalier qu'il étoit bon de défendre à tous ses gens de se vanter des dons extraordinaires qu'ils avoient. Il ne différa point de
les appeler, et leur dit : « Écoutez, Forte-Échine,
Léger, le Bon-Tireur, Fine-Oreille, Impétueux,
Trinquet et Grugeon, je vous avertis que, si vous
me voulez plaire, vous gardiez un secret invio-
lable sur les talens que vous avez, et je vous assure que j'aurai tant de soin de vous rendre heureux que vous serez contens. » Chacun lui
promit avec serment d'être fidèle à ses ordres ; et,
peu après, le chevalier, plus paré de sa beauté et
de sa bonne mine que de son magnifique habit,
entra dans la ville capitale, monté sur son excellent cheval, et suivi des gens du monde les mieux
faits. Il ne tarda pas à leur faire faire des habits de

livrée tout chamarrés d'or et d'argent ; il leur donna
des chevaux, et, s'étant logé dans la meilleure au-
berge, il attendit le jour marqué pour paroître à la
revue ; mais l'on ne parloit plus que de lui dans la
ville, et le roi, prévenu de sa réputation, avoit fort
envie de le voir.

Toutes les troupes s'assemblèrent dans une
grande plaine ; le roi y vint avec la reine douairière, sa sœur, et toute leur cour : elle ne laissoit
pas d'être encore pompeuse, malgré les malheurs
qui étoient arrivés à l'État, et Fortuné fut ébloui
de tant de richesses. Mais, si elles attirèrent ses regards, son incomparable beauté n'attira pas moins
ceux de cette célèbre troupe ; chacun demandoit
qui étoit ce jeune cavalier si bien fait et de si bon
air, et le roi, passant proche du lieu où il étoit,
lui fit signe de s'approcher.

Fortuné aussitôt descendit de cheval pour faire
une profonde révérence au roi ; il ne put s'empêcher de rougir, voyant avec quelle attention il le
regardoit ; cette nouvelle couleur releva encore l'é-
clat de son teint. « Je suis bien aise, lui dit le
roi, d'apprendre par vous-même qui vous êtes et
votre nom. — Sire, répliqua-t-il, je m'appelle
Fortuné, sans avoir eu jusqu'à présent aucune
raison de porter ce nom : car mon père, qui est
comte de la Frontière, passe sa vie dans une grande
pauvreté, quoiqu'il soit né avec autant de bien que

de naissance. — La Fortune, qui vous a servi de marraine, répondit le roi, n'a pas mal fait pour vos intérêts de vous amener ici ; je me sens une affection particulière pour vous, et je me souviens que votre père a rendu au mien de grands services. Je veux les reconnoître en votre personne. — C'est une chose juste, ajouta la reine douairière, qui n'avoit point encore parlé ; et, comme je suis votre aînée, mon frère, et que je sais plus particulièrement que vous tout ce que le comte de la Frontière a fait pendant plusieurs années pour le service de l'État, je vous prie de vous reposer sur moi du soin de récompenser ce jeune chevalier. »

Fortuné, ravi de l'accueil qu'on lui faisoit, ne pouvoit assez remercier le roi et la reine ; il n'osoit cependant s'étendre beaucoup sur les sentimens de sa reconnoissance, croyant qu'il étoit plus respectueux de se taire que de parler trop. Le peu qu'il dit parut si juste et si à propos que chacun lui applaudit ; ensuite il remonta à cheval, et se mêla parmi les seigneurs qui accompagnoient le roi ; mais la reine l'appeloit à tous momens pour lui faire mille questions, et, se tournant vers Floride, qui étoit sa plus chère confidente : « Que te semble de ce cavalier ? lui disoit-elle assez bas ; se peut-il un air plus noble et des traits plus réguliers ? Je t'avoue que je n'ai jamais rien vu de plus aimable. » Floride n'avoit pas de peine à convenir de ce que disoit la reine, et elle y ajoutoit de grandes louanges, car le cavalier ne lui sembloit pas moins aimable qu'à sa maîtresse.

Fortuné ne pouvoit s'empêcher de jeter les yeux de temps en temps sur le roi : c'étoit le prince du monde le mieux fait, toutes ses manières étoient prévenantes, et Belle-belle, qui n'avoit point renoncé à son sexe en prenant un habit qui le cachoit, ressentoit un véritable attachement pour lui.

Le roi lui dit après la revue qu'il craignoit que la guerre ne fût sanglante, et qu'il avoit résolu de l'attacher à sa personne. La reine douairière, qui étoit présente, s'écria qu'elle avoit eu la même pensée, qu'il ne falloit point l'exposer aux périls d'une longue campagne, que la charge de premier maître d'hôtel étoit vacante dans sa maison, qu'elle la lui donnoit. « Non, dit le roi, j'en veux faire mon grand écuyer. » Ils se disputoient ainsi l'un et l'autre le plaisir d'avancer Fortuné; et la reine, craignant de faire connoître les secrets mouvemens qui se passoient déjà dans son cœur, céda au roi la satisfaction d'avoir le chevalier.

Il n'y avoit guère de jour où il n'appelât son coffre de maroquin, et ne prît dedans un habit neuf. Il étoit assurément plus magnifique qu'aucuns princes qui fussent à la cour : de sorte que la reine lui demandoit quelquefois par quel moyen son père fournissoit à une si grande dépense ; d'autres fois encore elle lui en faisoit la guerre. « Avouez la vérité, disoit-elle, vous avez une maîtresse, c'est elle qui vous envoie toutes les belles choses que nous voyons. » Fortuné rougissoit, et répondoit respectueusement aux différentes questions que lui faisoit la reine.

D'ailleurs il s'acquittoit de sa charge admirablement bien ; son cœur, sensible au mérite du roi, l'attachoit plus à sa personne qu'il n'auroit voulu. « Quelle est ma destinée ! disoit-il ; j'aime un grand roi sans pouvoir jamais espérer qu'il m'aime, ni qu'il me tienne compte de ce que je souffre. » Le roi, de son côté, le combloit de faveurs ; il ne trouvoit rien de bien fait que ce que faisoit le beau chevalier, et la reine, déçue par son habit, pensoit sérieusement au moyen de contracter avec lui un mariage secret : l'inégalité de leur naissance étoit l'unique chose qui lui faisoit de la peine.

Elle n'étoit pas la seule qui ressentoit de l'inclination pour Fortuné ; les plus belles personnes de la cour en prirent malgré elles. Il étoit accablé de billets tendres, de rendez-vous, de présens et de mille galanteries, auxquelles il répondoit avec tant de nonchalance que l'on ne doutoit point qu'il n'eût une maîtresse dans son pays : ce n'est pas que, lorsqu'il étoit dans quelque fête, il n'y voulût paroître avantageusement ; il remportoit le prix aux tournois, il tuoit à la chasse plus de gibier que tous les autres, il dansoit au bal avec plus de grâce et de propreté qu'aucun courtisan ; enfin c'étoit un charme que de le voir et de l'entendre.

La reine auroit bien voulu s'épargner la honte de lui déclarer ses sentimens ; elle chargea Floride de le faire apercevoir que tant de marques de bonté de la part d'une reine jeune et belle ne devoient pas lui être indifférentes. Floride se trouva fort embarrassée de cette commission ; elle n'avoit pu éviter le sort de la plupart de celles qui avoient vu le chevalier, il lui paroissoit trop aimable pour songer aux intérêts de sa maîtresse préférablement aux siens, de sorte que, toutes les fois que la reine lui fournissoit l'occasion de l'entretenir, au lieu de lui parler de la beauté et des grandes qualités de cette princesse, elle ne lui parloit que de sa mauvaise humeur, que de ce que ses femmes souffroient auprès d'elle, que des injustices qu'elle rendoit, et du mauvais usage qu'elle faisoit du suprême pouvoir qu'elle avoit usurpé dans le royaume ; ensuite, faisant une comparaison de sentimens : « Je ne suis pas née reine, disoit-elle, mais en vérité je devrois l'être : j'ai un fond de générosité qui me porte à faire du bien à tout le monde. Ah ! si j'étois dans cet auguste rang, continuoit-elle, que le beau Fortuné seroit heu-

reux ! Il m'aimeroit par reconnoissance, s'il ne
m'aimoit pas par inclination. »

Le jeune chevalier, tout éperdu de ces discours,
ne savoit que répondre ; cela étoit cause qu'il évi-
toit soigneusement d'avoir des tête-à-tête avec
elle, et la reine, impatiente, ne manquoit pas de
demander à Floride comment elle gouvernoit l'esprit de Fortuné. « Il est si peu prévenu en sa faveur, lui disoit-elle, Madame, et il a tant de timi-
dité, qu'il ne veut rien croire de tout ce que je lui
dis de favorable de votre part, ou il feint de ne
le pas croire, parce qu'il a quelque passion qui
l'occupe. — Je le crois comme toi, disoit la reine
alarmée ; mais seroit-il possible qu'il ne fît pas
céder tout à son ambition ? — Et seroit-il possible,
Madame, répliquoit Floride, que vous voulussiez
devoir son cœur à votre couronne ? Quand on est
comme vous jeune et belle, que l'on a mille rares
qualités, faut-il avoir recours à l'éclat d'un dia-
dème ? — L'on a recours à tout, s'écria la reine,
lorsqu'il s'agit d'un cœur rebelle qu'on veut assu-
jettir. » Floride connut bien qu'il ne lui étoit pas
possible de guérir sa maîtresse de l'entêtement
qu'elle avoit pris.

La reine attendoit toujours quelque heureux
effet des soins de sa confidente ; mais le peu de
progrès qu'elle faisoit sur Fortuné l'obligea de
chercher elle-même les moyens d'avoir une con-

versation avec lui. Elle savoit qu'il se rendoit
tous les matins de bonne heure dans un petit bois
qui donnoit sous les fenêtres de son appartement.
Elle se leva avec l'aurore, et, regardant du côté
qu'il devoit venir, elle l'aperçut d'un air mélan-
colique qui se promenoit nonchalamment ; elle appela aussitôt Floride. « Tu ne m'as parlé que trop
juste, lui dit-elle ; sans doute Fortuné aime dans
cette cour ou dans son pays : vois la tristesse qui
paroît sur son visage. — Je l'ai remarquée aussi
dans toutes ses conversations, répliqua Floride, et,
s'il vous étoit possible de l'oublier, en vérité, Madame, vous feriez bien. — Il n'est plus temps,
s'écria la reine, en poussant un profond soupir ;
mais, puisqu'il entre dans ce berceau de verdure,
allons-y ; je ne veux être suivie que de toi. » Cette
fille n'osa arrêter la reine, quelque envie qu'elle
en eût, car elle craignoit qu'elle ne se fît aimer
de Fortuné, et une rivale d'un tel rang est toujours très dangereuse. Dès que la reine eut fait
quelques pas dans le bois, elle entendit chanter le
chevalier ; sa voix étoit très agréable ; il avoit fait
ces paroles sur un air nouveau :

> Ah ! qu'il est difficile
> D'aimer avec tendresse et de vivre tranquille !
> Plus je me vois heureux,
> Et plus je crains la fin du bonheur qui m'enchante ;
> Le soin de l'avenir sans cesse m'épouvante,
> Et me vient affliger au comble de mes vœux.

Fortuné avoit fait ce couplet de chanson par rapport à ses sentimens pour le roi, aux bontés que ce prince lui témoignoit, et l'appréhension d'être enfin reconnu, et obligé de quitter une cour où il se trouvoit mieux qu'en aucun lieu du monde. La reine, qui s'étoit arrêtée pour l'écouter, en ressentit une peine extrême. « Que vais-je tenter? dit-elle tout bas à Floride : ce jeune ingrat méprise l'honneur de me plaire, il s'estime heureux, il paroît satisfait de sa conquête, il me sacrifie à une autre. — Il est un certain âge, répondit Floride, sur lequel la raison n'a pas encore de droits bien établis; si j'osois donner un conseil à Votre Majesté, ce seroit d'oublier un petit étourdi qui n'est pas capable de goûter sa fortune. » La reine auroit bien voulu que sa confidente lui eût parlé d'une autre manière; elle lança même sur elle un regard furieux, et, s'avançant avec précipitation, elle entra brusquement dans le cabinet de verdure où le chevalier se reposoit; elle feignit d'être surprise de l'y trouver, et d'avoir quelque peine qu'il la vît dans son déshabillé, bien qu'elle n'eût rien négligé de tout ce qui pouvoit le rendre magnifique et galant.

Dès qu'elle parut, il voulut par respect se retirer; mais elle lui dit de rester, et qu'il lui aideroit à marcher. « J'ai été ce matin, dit-elle, agréablement éveillée par le chant des oiseaux, le temps

frais et la pureté de l'air m'ont invitée à les venir
entendre de plus près. Qu'ils sont heureux, hélas !
ils ne connoissent que les plaisirs, les chagrins ne
troublent point leur vie. — Il me semble, Madame, répliqua Fortuné, qu'ils ne sont pas absolument exempts de peine et d'inquiétude ; ils ont
toujours à éviter le plomb meurtrier ou les filets
décevans des chasseurs, il n'est pas jusqu'aux oiseaux de proie qui ne fassent la guerre à ces petits
innocens ; lorsqu'un rude hiver gèle la terre et la
couvre de neige, ils meurent manque de quelque
grain de chènevis ou de millet ; et tous les ans ils
ont l'embarras de chercher une maîtresse nouvelle.
— Vous croyez donc, Chevalier, dit la reine en
souriant, que c'est un embarras ? Il y a des hommes
qui le prennent en gré douze fois chaque année.
Hé, bon Dieu ! vous paroissez surpris? continua-
t-elle ; ne semble-t-il pas que vous avez le cœur
tourné d'une autre manière, et que vous n'avez
encore jamais changé ? — Je ne peux, Madame,
savoir de quoi je suis capable, dit le chevalier,
car je n'ai point aimé ; mais j'ose croire que, si je
prenois un attachement, ce seroit pour le reste de
ma vie. — Vous n'avez point aimé, s'écria la
reine en le regardant si fixement que le pauvre
chevalier en changea plusieurs fois de couleur,
vous n'avez point aimé ? Fortuné, pouvez-vous
parler de cette manière à une reine qui lit sur

votre visage et dans vos yeux la passion qui vous
occupe, et qui vient même d'entendre les paroles
que vous avez faites sur l'air nouveau qui court à
présent ? — Il est vrai, Madame, répondit le chevalier, que ce couplet est de moi ; mais il est vrai
aussi que je l'ai fait sans aucun dessein particulier ;
mes amis m'engagent tous les jours à leur faire
des chansons à boire, bien que je ne boive que de
l'eau, il ly en a d'autres qui en veulent de tendresse :
ainsi je chante l'amour, je chante Bacchus, sans être
ni amoureux ni buveur. »

La reine l'écoutoit avec tant d'émotion qu'elle
pouvoit à peine se soutenir ; ce qu'il lui disoit ral-
lumoit dans son cœur l'espoir que Floride lui avoit
voulu ôter. « Si je pouvois vous croire sincère,
dit-elle, j'aurois lieu d'être surprise que jusqu'à présent vous n'ayez trouvé personne dans
cette cour assez aimable pour vous fixer. — Madame, répliqua Fortuné, je m'attache si fort à
remplir les devoirs de ma charge qu'il ne me reste
point de temps pour soupirer. — Vous n'aimez
donc rien ? ajouta-t-elle avec véhémence. — Non,
Madame, dit-il, je n'ai pas le cœur d'un caractère
assez galant, je suis une espèce de misanthrope qui
chéris ma liberté et qui ne voudrois pas la perdre
pour qui que ce soit au monde. » La reine s'assit,
et, jetant sur lui des regards obligeans : « Il est
des chaînes si belles et si glorieuses, reprit-elle,

qu'on doit se trouver heureux de les porter ; si la fortune vous en avoit destiné de pareilles, je vous conseillerois de renoncer à votre liberté. » En parlant de cette manière, ses yeux s'expliquoient trop intelligiblement pour que le chevalier, qui avoit déjà des soupçons très forts, n'eût pas entièrement lieu de se les confirmer. Dans la crainte que la conversation n'allât encore plus loin, il tira sa montre, et, poussant un peu l'aiguille : « Je supplie Votre Majesté, dit-il, de permettre que j'aille au palais ; voici l'heure du lever du roi, il m'a ordonné de m'y rendre. — Allez, bel indifférent, dit-elle en poussant un profond soupir, vous avez raison de faire votre cour à mon frère ; mais souvenez-vous que vous n'auriez pas tort de me dédier quelques-uns de vos devoirs. »

La reine le suivit des yeux, puis elle les baissa, et, faisant réflexion à ce qui venoit de se passer, elle rougit de honte et de colère ; ce qui ajoutoit même quelque chose à son chagrin, c'est que Floride en avoit été témoin, et qu'elle remarquoit sur son visage un air de joie qui sembloit lui dire qu'elle auroit mieux fait de croire ses conseils que de parler à Fortuné ; elle rêva quelque temps, et, prenant des tablettes, elle écrivit ces vers, qu'elle fit mettre en musique par le Lulli de sa cour :

Tu vois, tu vois enfin le tourment que j'endure.
Mon vainqueur le connoît, et n'en est point touché ;

Mon cœur en sa présence a montré sa blessure,
Et le trait qui toujours devoit être caché :
As-tu vu son mépris, sa rigueur inhumaine?
Il me hait · je voudrois le haïr à mon tour;
  Mais c'est une espérance vaine,
Je ne sçaurois pour lui sentir que de l'amour.

Floride fit très bien son personnage auprès de
la reine, elle la consola de son mieux, et lui donna
quelques retours d'espérance dont elle avoit bien
besoin pour ne pas succomber. « Fortuné se trouve
dans une distance si éloignée de vous, Madame,
lui dit-elle, qu'il n'a peut-être pas compris ce que
vous avez voulu lui faire entendre; il me semble
même que c'est déjà beaucoup qu'il vous ait assuré qu'il n'aime rien. » Il est si naturel de se
flatter qu'enfin la reine reprit un peu de cœur.
Elle ignoroit que la malicieuse Floride, persuadée
de l'éloignement du chevalier pour elle, vouloit
l'engager à lui parler encore plus clairement, afin
qu'il pût la choquer davantage par l'indifférence
de ses réponses.

Il étoit, de son côté, dans le dernier embarras.
Sa situation lui paroissoit cruelle, et il n'auroit pas
hésité à quitter la cour, si le trait fatal qui l'avoit
blessé pour le roi ne l'eût arrêté malgré lui; il
n'alloit plus chez la reine qu'aux heures où elle
tenoit son cercle, et à la suite du roi; elle s'a-
perçut aussitôt de ce nouveau changement de conduite; elle lui donna lieu plusieurs fois de lui

faire sa cour sans qu'il en voulût profiter ; mais, un jour qu'elle descendoit dans ses jardins, elle le vit qui traversoit une grande allée, et qui s'enfonça promptement dans le petit bois ; elle l'appela. Il craignit de lui déplaire en feignant de ne l'avoir pas entendue, il s'approcha d'un air respectueux.

« Vous souvenez-vous, Chevalier, lui dit-elle, de la conversation que nous eûmes, il y a quelque temps, dans le cabinet de verdure ? — Je ne suis pas capable, répondit-il, Madame, d'avoir oublié cet honneur. — Sans doute, les questions que je vous fis, ajouta-t-elle, vous causèrent de la peine : car, depuis ce jour-là, vous ne vous êtes pas mis en état que je vous en fisse d'autres. — Comme le hasard seul me procura cette faveur, dit-il, il m'a semblé qu'il y auroit de la témérité d'en prendre d'autres. — Dites plutôt, ingrat, continua-t-elle en rougissant, que vous avez évité ma présence : vous ne connoissez que trop mes sentimens. » Fortuné baissa les yeux d'un air embarrassé et modeste ; et, comme il hésitoit à lui répondre : « Vous êtes bien déconcerté ; allez, ne cherchez rien à me dire, je vous entends mieux que je ne voudrois vous entendre. » Elle en auroit peut-être dit davantage sans qu'elle aperçût le roi qui venoit se promener.

Elle s'avança aussitôt, et, le voyant fort mélan-

colique, elle le conjura de lui en apprendre la raison. « Vous savez, dit le roi, qu'il y a un mois
qu'on me vint donner avis qu'un dragon d'une
grandeur prodigieuse ravageoit toute la contrée.
Je croyois qu'on pourroit le tuer, et j'avois donné
là-dessus les ordres nécessaires ; mais on a tout
tenté inutilement : il dévore mes sujets, leurs trou-
peaux et tout ce qu'il rencontre ; il empoisonne
les rivières et les fontaines où il se désaltère, et
fait sécher les herbes et les plantes sur qui il se repose. » Pendant que le roi parloit ainsi, la reine
rouloit dans son esprit irrité un moyen sûr de sacrifier le chevalier à son ressentiment.

« Je n'ignore pas, répliqua-t-elle, les mauvaises
nouvelles que vous avez reçues : Fortuné, que vous
avez vu auprès de moi, venoit de m'en rendre
compte ; mais, mon frère, vous allez être surpris
de ce qui me reste à vous dire : c'est qu'il m'a priée
avec la dernière instance que vous lui permettiez
d'aller combattre l'affreux dragon. Il est vrai qu'il
a une adresse si merveilleuse et qu'il manie si bien
ses armes que je ne suis point surprise qu'il pré-
sume beaucoup de lui ; ajoutez à cela qu'il m'a dit
avoir un secret pour endormir les dragons les plus
éveillés ; mais il n'en faut point parler, parce qu'il
ne paroîtroit pas assez de valeur dans son action.
— De quelque manière qu'il la fît, répliqua le roi,
elle seroit bien glorieuse pour lui et bien utile

pour nous, s'il pouvoit y réussir ; cependant je crains que ce ne soit l'effet d'un zèle indiscret et qu'il ne lui en coûte la vie. — Non, mon frère, ajouta la reine, n'appréhendez point, il m'a conté là-dessus des choses surprenantes ; vous savez qu'il est naturellement fort sincère, et puis quel honneur pourroit-il espérer de mourir en étourdi ? Enfin, continua-t-elle, je lui ai promis d'obtenir ce qu'il désire avec tant de passion que si vous lui refusez il en mourra.

— Je consens à ce que vous voulez, dit le roi ; je vous avoue, malgré cela, que j'y ai de la répugnance ; mais appelons-le. » Aussitôt il fit signe à Fortuné de s'approcher, et lui dit d'un air obligeant : « Je viens d'apprendre par la reine le désir que vous avez de combattre le dragon qui nous désole ; c'est une résolution si hardie que je ne peux croire que vous en envisagiez tout le péril. — Je le lui ai représenté, dit la reine ; mais il a tant de zèle pour votre service, et de passion pour se signaler, que rien ne sauroit l'en détourner, et j'en augure quelque chose d'heureux. »

Fortuné demeura surpris d'entendre ce que le roi et la reine lui disoient. Il avoit trop d'esprit pour ne pas pénétrer les mauvaises intentions de cette princesse ; mais sa douceur ne lui permit pas de s'en expliquer, et, sans rien répondre, il la laissa toujours parler, se contentant de faire de profondes

révérences que le roi prit pour de nouvelles prières
de lui accorder la permission qu'il souhaitoit.
« Allez donc, lui dit-il en soupirant, allez où la
gloire vous appelle ; je sais que vous avez tant
d'adresse dans toutes les choses que vous faites, et
particulièrement aux armes, que ce monstre aura
peut-être de la peine à éviter vos coups. — Sire,
répliqua le chevalier, de quelque manière que je
me tire du combat, je serai satisfait : je vous déli-
vrerai d'un fléau terrible, ou je mourrai pour vous ;
mais honorez-moi d'une faveur qui me sera infiniment chère. — Demandez tout ce que vous voudrez, dit le roi. — J'ose, continua-t-il, demander
votre portrait. » Le roi lui sut beaucoup de gré
de songer à son portrait dans un temps où il avoit
lieu de s'occuper de bien d'autres choses ; et la
reine ressentit un nouveau chagrin qu'il ne lui eût
pas fait la même prière ; mais il auroit fallu avoir
de la bonté de reste pour vouloir le portrait d'une
si méchante personne.

Le roi retourné dans son palais et la reine dans
le sien, Fortuné, bien embarrassé de la parole qu'il
avoit donnée, fut trouver son cheval et lui dit :
« Mon cher Camarade, il y a bien des nouvelles.
— Je les sais déjà, Seigneur, répliqua-t-il. —
Que ferons-nous donc ? ajouta Fortuné. — Il faut
partir au plus tôt, répondit le cheval, prenez un
ordre du roi par lequel il vous ordonne d'aller

combattre le dragon, nous ferons ensuite notre
devoir. » Ce peu de mots consola notre jeune
chevalier ; il ne manqua pas de se rendre le lendemain de bonne heure chez le roi, avec un habit de
campagne aussi bien entendu que tous les autres
qu'il avoit pris dans le coffre de maroquin.

Aussitôt que le roi l'aperçut, il s'écria : « Quoi !
vous êtes prêt à partir ? — L'on ne peut avoir trop
de diligence pour exécuter vos commandemens,
Sire, répliqua-t-il, je viens prendre congé de
vous. » Le roi ne put s'empêcher de s'attendrir,
voyant un chevalier si jeune, si beau, si parfait,
sur le point de s'exposer au plus grand péril où un
homme pouvoit jamais se mettre.

Il l'embrassa et lui donna son portrait enrichi
de gros diamans. Fortuné le reçut avec une joie
extraordinaire : les grandes qualités du roi l'a-
voient touché à tel point qu'il n'imaginoit rien
au monde de plus aimable que lui, et, s'il souffroit
en le quittant, c'étoit bien moins par la crainte
d'être englouti par le dragon que par la privation
d'une présence si chère.

Le roi voulut que son ordre particulier pour
Fortuné d'aller combattre en renfermât un général
à tous ses sujets de lui aider, de lui donner les secours dont il pourroit avoir besoin ; ensuite il prit
congé du roi, et, pour qu'on n'eût rien à remarquer dans sa conduite, il alla chez la reine, qui

étoit à sa toilette entourée de plusieurs dames :
elle changea de couleur lorsqu'il parut ; que n'a-
voit-elle pas à se reprocher sur son chapitre ! Il la
salua respectueusement, et lui demanda si elle
vouloit l'honorer de ses ordres, qu'il alloit partir.
Ce mot acheva de la déconcerter, et Floride, qui
ne savoit rien de ce que la reine avoit tramé
contre le chevalier, resta fort éperdue ; elle auroit
bien voulu l'entretenir en particulier, mais il fuyoit
des conversations si embarrassantes.

« Je prie les dieux, lui dit la reine, de vous faire
vaincre et de vous ramener triomphant. — Madame, répliqua le chevalier, Votre Majesté me fait
trop d'honneur : elle sait assez le péril où je m'expose, je ne l'ignore pas non plus ; cependant je
suis tout plein de confiance ; peut-être que dans
cette occasion je suis le seul qui espère. » La reine
entendit bien ce qu'il vouloit dire ; sans doute
qu'elle auroit répondu à ce petit reproche s'il y
avoit eu moins de monde dans sa chambre.

Enfin, le chevalier se rendit chez lui, il ordonna
à ses sept excellens domestiques de monter à cheval et de le suivre, parce que le temps étoit venu
d'éprouver ce qu'ils savoient faire ; il n'y en eut
aucun qui ne témoignât de la joie de pouvoir le
servir. Ils ne tardèrent pas une heure à mettre tout
en ordre, et ils partirent avec lui, l'assurant qu'ils
ne négligeroient rien pour sa satisfaction : en

effet, quand ils se trouvoient seuls dans la campagne, et qu'ils ne craignoient point d'être vus, chacun faisoit preuve de son adresse : Trinquet buvoit l'eau des étangs, et pêchoit le plus beau poisson pour le dîner de son maître ; Léger, de son côté, attrapoit les cerfs à la course, et prenoit un lièvre par les oreilles, quelque rusé qu'il fût ; le Bon-Tireur ne faisoit quartier ni aux perdreaux ni aux faisans, et, quand le gibier étoit tué d'un côté, la venaison de l'autre, et le poisson hors de l'eau, Forte-Échine s'en chargeoit gaiement. Il n'y avoit pas jusqu'à Fine-Oreille qui ne se rendît utile : il écoutoit sortir de la terre les truffes, les morilles, les champignons, les salades, les herbes fines. Ainsi, Fortuné n'avoit presque pas besoin de mettre la main à la bourse pour les frais de son voyage ; il se seroit assez bien diverti à voir tant de choses extraordinaires s'il n'avoit pas eu le cœur tout rempli de ce qu'il venoit de quitter. Le mérite du roi lui étoit toujours présent, et la malice de la reine lui sembloit si grande qu'il ne pouvoit s'empêcher de la détester.

Il marchoit, abîmé dans une profonde rêverie, quand il en fut tiré par les cris perçans de plusieurs personnes : c'étoient de pauvres paysans que le dragon dévoroit. Il en vit quelques-uns qui, s'étant échappés, fuyoient de toutes leurs forces ; il les appela sans qu'ils voulussent s'arrêter ; il les

suivit et leur parla ; il sut par eux que le monstre
n'étoit pas éloigné. Il leur demanda comment ils
faisoient pour s'en garantir ; ils lui dirent que l'eau
étoit rare dans le pays, que l'on n'y en buvoit que
de pluie, et que pour la conserver ils avoient fait
un étang ; que le dragon, après bien des courses,
y venoit boire ; qu'il faisoit de grands cris en
arrivant, qu'on les entendoit d'une lieue ; qu'a-
lors tout le monde, effrayé, se cachoit, fermant
les portes et les fenêtres des maisons.

Le chevalier entra dans une hôtellerie, bien
moins pour se reposer que pour prendre les bons
avis de son joli cheval. Quand chacun se fut retiré, il descendit dans l'écurie, il lui dit : « Camarade, que ferons-nous pour vaincre le dragon ? —
Seigneur, lui dit-il, j'y rêverai cette nuit, et je vous
en rendrai compte demain matin. » Il lui dit, lorsqu'il y retourna : « Je suis d'avis que Fine-Oreille
écoute si le dragon est proche. » Aussitôt Fine-
Oreille se coucha par terre ; il entendit les cris du
dragon qui étoit encore à sept lieues de là ; quand
le cheval le sut, il dit à Fortuné : « Commandez
à Trinquet d'aller boire toute l'eau du grand
étang, et que Forte-Échine y porte assez de vin
pour le remplir ; il faudra mettre autour des raisins
secs, du poivre et plusieurs choses qui altèrent.
Commandez aussi que les habitans se renferment,
chacun, dans leurs maisons, et vous-même, Sei-

gneur, ne sortez pas de celle que vous choisirez
avec tous vos gens; le dragon ne tardera pas de
venir boire à l'étang; le vin lui semblera bon, et
vous verrez qu'on en viendra à bout. »

Dès que Camarade eut achevé de régler ce
qu'on devoit faire, chacun s'employa à ce qui lui
étoit ordonné. Le chevalier entra dans une maison
dont les vues donnoient sur l'étang. Il y étoit à
peine que l'affreux dragon y vint; il but un peu,
ensuite il mangea le déjeuner qu'on lui avoit préparé, et puis il but tant et tant qu'il s'enivra. Il ne
pouvoit plus se remuer; il étoit couché sur le
côté, la tête penchée et les yeux fermés. Quand
Fortuné le vit ainsi, il jugea bien qu'il n'y avoit
pas un moment à perdre; il sortit l'épée à la main,
l'attaqua avec un courage merveilleux. Le dragon,
se sentant percé de tous côtés, vouloit s'élever et
fondre sur le chevalier; mais il n'en avoit pas la
force, il perdoit tout son sang, et le chevalier,
ravi de l'avoir réduit dans cette extrémité, appela
ses gens pour lier ce monstre avec des cordes et
des chaînes, voulant ménager au roi le plaisir et
la gloire de lui donner la mort; de sorte que,
n'ayant plus rien à craindre, ils le traînèrent jusqu'à la ville.

Fortuné marchoit à la tête de son petit cortège; en approchant du palais, il envoya Léger
pour apprendre au roi la bonne nouvelle d'un

succès si avantageux ; mais cela paroissoit presque incroyable, jusqu'à ce que l'on vît paroître ce monstre sur une machine faite exprès, où il étoit garrotté.

Le roi descendit, il embrassa Fortuné. « Les dieux vous réservoient cette victoire, lui dit-il, et je ressens moins la joie de voir cet horrible dragon dans l'état où vous l'avez réduit que de vous voir, mon cher chevalier. — Sire, répliqua-t-il, Votre Majesté peut lui donner les derniers coups, je ne l'ai amené que pour les recevoir de votre main. » Le roi tira son épée et acheva de tuer le plus cruel de ses ennemis ; tout le monde jetoit des cris de joie et des acclamations pour un succès si inespéré.

Floride, toujours inquiète, ne demeura pas long-temps sans apprendre le retour du beau chevalier ; elle courut l'annoncer à la reine, qui demeura si surprise et si combattue par son amour et par sa haine qu'elle ne pouvoit répondre à ce que lui disoit sa favorite. Elle s'étoit reproché cent et cent fois le mauvais tour qu'elle lui avoit joué ; mais elle aimoit mieux le voir mort que de le voir indifférent, de sorte qu'elle ne savoit si elle étoit bien aise ou fâchée qu'il revînt dans une cour où sa présence alloit encore troubler le repos de sa vie.

Le roi, impatient de lui raconter l'heureux succès

d'une aventure si extraordinaire, entra dans sa chambre appuyé sur le chevalier. « Voici le vainqueur du dragon, dit-il à la reine, qui vient de me rendre le service le plus signalé que je pouvois souhaiter d'un fidèle sujet : c'est vous, Madame, à qui il a parlé la première de l'envie qu'il avoit de combattre ce monstre; j'espère que vous lui tiendrez compte du péril où il s'est exposé. » La reine, composant son visage, honora Fortuné d'un accueil gracieux et de mille louanges; elle le trouva encore plus aimable que lorsqu'il partit, et son attention à le regarder ne lui fit que trop entendre que son cœur étoit encore blessé.

Elle ne voulut pas se fier à ses yeux de s'en expliquer tout seuls, et, un jour qu'elle étoit à la chasse avec le roi, elle feignit de ne pouvoir pas suivre les chiens parce qu'elle étoit incommodée. Alors se tournant vers le jeune chevalier, qui n'étoit pas éloigné : « Vous me ferez plaisir, lui dit-elle, de rester auprès de moi, je veux descendre et me reposer un peu : allez, ajouta-t-elle à ceux qui l'accompagnoient, ne quittez pas mon frère. » Aussitôt elle mit pied à terre avec Floride, et s'assit au bord d'un ruisseau, où elle demeura quelque temps dans un profond silence : elle rêvoit au tour qu'elle donneroit à son discours.

Enfin, levant les yeux, elle les attacha sur le chevalier, et lui dit : « Comme les bonnes intentions

ne se manifestent pas toujours, je crains que vous
n'ayez point pénétré les motifs qui m'engagèrent
de presser le roi de vous envoyer combattre le
dragon : j'étois sûre, par un pressentiment qui ne
m'a jamais trompée, que vous en sortiriez en
homme de courage; et vos envieux parloient si
mal du vôtre, parce que vous n'êtes point allé à
l'armée, qu'il falloit une action aussi éclatante que
celle-ci pour leur fermer la bouche : je vous aurois bien communiqué ce qui se disoit là-dessus,
continua-t-elle, et j'aurois peut-être dû le faire,
sans que je me persuadai que votre ressentiment
auroit des suites, et qu'il valoit mieux faire taire
les malintentionnés par votre conduite intrépide
dans le péril que par une autorité qui marque
plutôt que l'on est favori que soldat. Vous voyez
à présent, Chevalier, continua-t-elle, que j'ai pris
un sensible intérêt à tout ce qui vous est arrivé de
glorieux, et que vous auriez grand tort d'en juger
d'une autre manière. — La distance qui nous sépare est si grande, Madame, répondit-il modes-
tement, que je ne suis pas digne de l'éclaircissement que vous voulez bien me donner, ni du
soin que vous avez pris de hasarder ma vie pour
ménager mon honneur : le Ciel m'a protégé avec
plus de bonté que mes ennemis ne le souhaitoient;
et je m'estimerai toujours heureux d'employer
pour le service du roi et le vôtre une vie dont la

perte m'est plus indifférente qu'on ne pense. »

Le respectueux reproche de Fortuné embarrassa
la reine : elle sentit bien tout ce qu'il vouloit lui
dire; mais elle le trouvoit trop aimable pour chercher à l'éloigner par quelque réponse trop aigre ;
au contraire, elle feignit d'entrer dans ses sentimens, et se fit redire avec quelle adresse il avoit
vaincu le dragon. Fortuné n'avoit garde d'apprendre à personne que c'étoit par le secours de
ses gens; il se vantoit d'être allé au-devant de ce
redoutable ennemi, et que sa seule adresse et
même sa témérité l'avoient tiré d'affaire ; mais la
reine, ne songeant presque plus à ce qu'il lui racon-
toit, l'interrompit pour lui demander s'il étoit à
présent bien convaincu de la part qu'elle prenoit
dans tout ce qui le regardoit. Cette conversation
alloit être poussée plus loin, lorsqu'il lui dit :
« Madame, je viens d'entendre le son d'un cor, le
roi approche ; Votre Majesté ne veut-elle pas monter à cheval pour aller au-devant de lui? — Non,
dit-elle d'un air plein de dépit, il suffit que vous y
alliez. — Le roi me blâmeroit, Madame, ajouta-
t-il, si je vous laissois seule dans un lieu où vous
pouvez courir quelque risque. — Je vous dis-
pense de tant d'inquiétude, ajouta-t-elle d'un ton
absolu : allez, votre présence m'importune. »

A cet ordre, le chevalier lui fait une profonde
révérence, monte à cheval et se dérobe à sa vue,

inquiet du succès que pourroit avoir ce nouveau ressentiment. Il consulta là-dessus son beau cheval. « Apprends-moi, Camarade, lui dit-il, si cette reine trop tendre et trop colère trouvera encore quelque monstre pour m'y livrer. — Elle ne trouvera qu'elle, répondit le joli cheval ; mais elle est plus dragonne que le dragon que vous avez tué, et elle exercera suffisamment votre patience et votre vertu. — Ne me fera-t-elle point perdre les bonnes grâces du roi ? s'écria-t-il. Voilà tout ce que je crains. — Je ne peux pas vous révéler l'avenir, dit Camarade, qu'il vous suffise que je veille à tout. » Il n'en dit pas davantage, parce que le roi parut au bout d'une allée ; Fortuné le joignit et lui apprit que la reine s'étoit trouvée mal, et lui avoit ordonné de rester auprès d'elle. « Il me semble, dit le roi en souriant, que vous êtes assez bien dans ses bonnes grâces, et c'est à elle que vous ouvrez votre cœur préférablement à moi : car enfin je n'ai point oublié que vous la priâtes de vous procurer la gloire d'aller combattre le dragon. — Sire, répliqua le chevalier, je n'ose me défendre de ce que vous dites ; mais je peux assurer Votre Majesté que je mets une grande différence entre vos bonnes grâces et celles de la reine ; et, s'il étoit permis à un sujet d'avoir son souverain pour confident, je me ferois une joie bien délicate de vous déclarer tous les sentimens de mon cœur. »

Le roi l'interrompit pour lui demander où il avoit laissé la reine.

Pendant qu'il l'alloit joindre, elle se plaignoit à Floride de l'indifférence de Fortuné. « Sa vue me devient odieuse, s'écrioit-elle; il faut qu'il sorte de la cour, ou que je la quitte : je ne saurois plus souffrir un ingrat qui ose me témoigner tant de mépris. Et quel est le mortel qui ne s'estimeroit pas heureux de plaire à une reine toute-puissante dans cet État? Il n'y a que lui au monde! Ah! les dieux l'ont réservé pour troubler tout le repos de ma vie. »

Floride n'étoit point fâchée du chagrin que sa maîtresse avoit contre Fortuné, et, bien loin de l'apaiser, elle l'aigrissoit en lui rappelant mille circonstances qu'elle n'avoit peut-être pas voulu remarquer. Son dépit augmenta encore, et lui fit concevoir un nouveau dessein pour perdre le pauvre chevalier.

Dès que le roi fut auprès d'elle et qu'il lui eut témoigné son inquiétude pour sa santé, elle lui dit : « Je vous avoue que je me trouvois assez mal, mais il est difficile de ne pas guérir avec Fortuné : il est réjouissant, ses visions sont plaisantes. Vous saurez, continua-t-elle, qu'il m'a priée d'obtenir une nouvelle grâce de Votre Majesté. Il la demande avec la dernière confiance de réussir dans l'entreprise du monde la plus téméraire. —

Quoi! ma sœur, s'écria le roi, veut-il aller combattre quelque nouveau dragon? — C'en est plusieurs à la fois, dit-elle, qu'il s'assure de vaincre. Vous le dirai-je? enfin, il se vante d'obliger l'empereur à nous rendre tous nos trésors, et que pour cela il ne lui faut point d'armée. — Quel dommage, répliqua le roi, que ce pauvre garçon soit tombé dans une folie si extraordinaire! — Son combat contre le monstre, ajouta la reine, ne lui laisse plus concevoir que de grands desseins; et que hasardez-vous en lui donnant la permission de s'exposer encore pour votre service? — Je hasarde sa vie qui m'est chère, répliqua le roi, j'aurois une peine extrême de le faire périr de gaieté de cœur. — De quelque manière que la chose tourne il est donc infaillible qu'il mourra, dit-elle, car je vous assure qu'il a une si forte passion d'aller recouvrer vos trésors qu'il ne fera plus que languir si vous lui en refusez la permission. »

Le roi tomba dans une profonde tristesse. « Je ne puis imaginer, dit-il, ceux qui lui remplissent la tête de toutes ces chimères, je souffre de le voir en cet état. — Au fond, répliqua la reine, il a combattu le dragon, il l'a vaincu, peut-être qu'il réussiroit de même; j'ai quelquefois des pressentimens justes, le cœur me dit que son entreprise sera heureuse : de grâce, mon frère, ne vous opposez point à son zèle. — Il faut l'appeler, ajouta le roi, et lui représenter tout au moins ce qu'il hasarde. — Voilà justement le moyen de le faire désespérer, répliqua la reine, il croira que vous ne voulez pas qu'il parte, et je vous assure qu'à l'égard de le retenir par aucune considération qui le concerne, il ne le fera pas : car je lui ai déjà dit tout ce qui se peut imaginer dans une telle occasion. — Hé bien, s'écria le roi, qu'il parte, j'y consens. » La reine, ravie de cette permission, appela Fortuné. « Chevalier, lui dit-elle, remerciez le roi, il vous accorde la permission que vous désirez tant d'aller trouver l'empereur Matapa et de lui faire rendre, de gré ou de force, nos trésors qu'il a enlevés ; préparez-vous-y avec la même diligence que vous eûtes pour aller combattre le dragon. »

Fortuné, surpris, reconnut à ce trait la fureur de la reine contre lui ; cependant il sentit du plaisir à pouvoir donner sa vie pour un roi qui lui étoit si cher, et, sans se défendre de cette extraordinaire commission, il mit un genou en terre et baisa la main du roi, qui étoit, de son côté, très attendri. La reine ressentoit une espèce de honte de voir avec quel respect il se voyoit condamné à affronter la mort. « Seroit-ce, disoit-elle en elle-même, qu'il auroit pour moi de l'attachement, et que, plutôt que de me dédire de ce que j'ai avancé de sa part, il souffre le mauvais tour que je lui joue sans se plaindre ? Ah ! si je pouvois m'en flatter,

que je me voudrois de mal de celui que je vais
lui faire! » Le roi parla peu au chevalier, il remonta à cheval, et la reine dans sa calèche, feignant de se trouver encore mal.

Fortuné accompagna le roi jusqu'au bout de la
forêt; puis, y entrant pour y entretenir son cheval, il lui dit : « Mon fidèle Camarade, c'en est
fait, il faut que je périsse. La reine vient de m'en
ménager une occasion à laquelle je ne me serois
jamais attendu de sa part. — Mon aimable maître,
répliqua le cheval, cessez de vous alarmer; bien
que je n'aie pas été présent à ce qui s'est passé,
je le savois il y a longtemps; l'ambassade n'est pas
si terrible que vous vous l'imaginez. — Tu ne sais
donc pas, continua le chevalier, que cet empereur
est le plus colère de tous les hommes, et que, si je
lui propose de rendre tout ce qu'il a pris au roi,
il ne me fera point d'autre réponse que de m'attacher une pierre au cou et de me faire jeter dans
la rivière? — Je suis informé de ses violences, dit
Camarade; mais que cela ne vous empêche pas de
prendre vos gens avec vous et de partir; si vous
y périssez, nous périrons tous; j'espère cependant
un meilleur succès. »

Le chevalier, un peu consolé, revint chez lui,
donna les ordres nécessaires, et alla ensuite prendre
ceux du roi et ses lettres de créance. « Vous
direz de ma part à l'empereur, lui dit-il, que

je redemande mes sujets qu'il retient en escla-
vage, mes soldats prisonniers, mes chevaux dont
il se sert, et mes meubles avec mes trésors. —
Que lui offrirai-je pour toutes ces choses? dit Fortuné. — Rien, répliqua le roi, que mon amitié. »
Le jeune ambassadeur ne fit pas un grand effort
de mémoire pour retenir son instruction; il partit
sans voir la reine; elle en parut offensée, mais il
avoit peu de chose à ménager avec elle : que pou-
voit-elle lui faire dans sa plus grande colère,
qu'elle ne lui fît pas dans les transports de sa plus
grande amitié? Une tendresse de ce caractère lui
paroissoit la chose du monde la plus redoutable.
Sa confidente, qui savoit tout le secret, étoit désespérée contre sa maîtresse de vouloir sacrifier la
fleur de toute chevalerie.

Fortuné prit dans le coffre de maroquin tout ce
qui lui étoit nécessaire pour son voyage : il ne se
contenta pas de s'habiller magnifiquement, il
voulut que ses sept hommes qui l'accompagnoient
fussent très bien mis; et, comme ils avoient tous
des chevaux excellens, et que Camarade sembloit
plutôt voler en l'air que courir sur la terre, ils arrivèrent en peu de temps à la ville capitale où demeuroit l'empereur Matapa. Elle étoit plus grande
que Paris, Constantinople et Rome ensemble, et
si peuplée que les caves, les greniers et les toits
étoient habités.

Fortuné demeura bien surpris de voir une ville d'une si prodigieuse étendue. Il fit demander audience à l'empereur et l'obtint sans peine ; mais, quand il lui eut déclaré le sujet de son ambassade, bien que ce fût avec une grâce qui ajoutoit beaucoup à ses raisons, l'empereur ne put s'empêcher d'en sourire. « Si vous étiez à la tête de cinq cent mille hommes, lui dit-il, l'on pourroit vous écouter ; mais l'on m'a dit que vous n'en aviez que sept. — Je n'ai pas entrepris, Seigneur, lui dit Fortuné, de vous faire rendre ce que mon maître souhaite par la force, mais par mes très humbles remontrances. — Par quelque voie que ce soit, ajouta l'empereur, vous n'en viendrez point à bout que vous n'exécutiez une pensée qui vient de me venir : c'est que vous trouviez un homme qui ait assez bon appétit pour manger à son déjeuner tout le pain chaud qu'on aura cuit pour les habitans de cette grande ville. » Le chevalier, à cette proposition, demeura surpris de joie, et, comme il ne parloit pas assez promptement, l'empereur s'éclata de rire. « Vous voyez, lui dit-il, qu'il est naturel de répondre une extravagance à une proposition extravagante. — Seigneur, dit Fortuné, j'accepte ce que vous m'offrez, j'amènerai demain un homme qui mangera tout le pain tendre, et même tout le pain dur de cette ville ; commandez qu'on l'apporte dans la grande place,

vous aurez le plaisir de le voir mettre à profit
jusqu'aux miettes. » L'empereur répliqua qu'il y
consentoit. Il ne fut parlé le reste du jour que de
la folie du nouvel ambassadeur, et Matapa jura
qu'il le feroit mourir s'il ne tenoit sa parole.

Fortuné étant revenu à l'hôtel des Ambassadeurs où il logeoit, il appela Grugeon et lui dit :
« C'est cette fois-ci qu'il faut te préparer à manger
du pain, il y va de tout pour nous. » Il lui apprit
là-dessus ce qu'il avoit promis à l'empereur. « Ne
vous inquiétez point, mon maître, lui dit Grugeon, je mangerai tant qu'ils en seront las plus tôt
que moi. » Fortuné ne laissoit pas de craindre
qu'il n'en pût venir à bout ; il défendit qu'on lui
donnât à souper, afin qu'il déjeunât mieux ; mais
cette précaution étoit inutile.

L'empereur, l'impératrice et la princesse se
placèrent sur un balcon pour voir mieux ce qui
alloit se passer. Fortuné arriva avec son petit cortège, et, lorsqu'il aperçut dans la grande place six
montagnes de pain, plus hautes que les Pyrénées,
il ne put s'empêcher de pâlir. Grugeon n'en fit
pas de même, car l'espérance de manger tant de
bon pain lui faisoit grand plaisir : il pria qu'on
n'en réservât pas le plus petit morceau, disant
qu'il vouloit même avoir le reste des souris. L'empereur plaisantoit avec toute sa cour de l'extravagance de Fortuné et de ses gens ; mais Grugeon,

impatient, demanda le signal pour commencer : on le lui donna par le bruit des trompettes et des tambours ; en même temps il se jeta sur une des montagnes de pain, qu'il mangea en moins d'un quart d'heure, et toutes les autres furent gobées de même.

Il n'a jamais été un étonnement pareil ; tout le monde demandoit s'il n'avoit point fasciné leurs yeux, et l'on alloit toucher à l'endroit où les pains avoient été apportés; il fallut que ce jour-là, depuis l'empereur jusqu'au chat, tout dînât sans pain.

Fortuné, infiniment content de ce bon succès, s'approcha de l'empereur, et lui demanda avec beaucoup de respect s'il avoit agréable de lui tenir sa parole. L'empereur, un peu irrité d'avoir été pris pour dupe, lui dit : « Monsieur l'ambassadeur, c'est trop manger sans boire, il faut que vous ou quelqu'un de vos gens, buviez toute l'eau des fontaines, des aqueducs et des réservoirs de la ville, et tout le vin qui se trouvera dans les caves. — Seigneur, dit Fortuné, vous voulez me mettre dans l'impossibilité d'obéir à vos ordres ; mais, au fond, je ne laisserois pas de tenter l'aventure si je pouvois me flatter que vous rendrez au roi mon maître ce que je vous ai demandé de sa part. — Je le ferai, dit l'empereur, si vous pouvez réussir dans votre entreprise. » Le chevalier demanda à l'empereur s'il y seroit présent; il répliqua que la chose étoit assez rare pour mériter sa curiosité, et, montant dans un chariot magnifique, il fut à la fontaine des Lions; il y en avoit sept de marbre, qui jetoient par la gueule des torrens d'eau, dont il se formoit une rivière sur laquelle on traversoit la ville en gondole.

Trinquet s'approcha du grand bassin, et, sans reprendre haleine, il tarit cette source aussi sèche que s'il n'y avoit jamais eu d'eau. Les poissons de la rivière crioient vengeance contre lui, car ils ne savoient que devenir. Il n'en fit pas moins à toutes les autres fontaines, aux aqueducs, aux réservoirs; enfin il auroit bu la mer tant il étoit altéré. Après une telle expérience, l'empereur ne pouvoit guère douter qu'il ne bût le vin aussi bien que l'eau, et chacun, dépité, n'avoit guère envie de lui donner le sien; mais Trinquet se plaignit hautement de l'injustice qu'on lui faisoit; il dit qu'il auroit mal à l'estomac, et qu'il ne prétendoit pas seulement avoir le vin, mais que les liqueurs étoient aussi de son marché; de sorte que Matapa, craignant de paroître trop ménager, consentit à ce que Trinquet demandoit. Fortuné, prenant son temps, supplia l'empereur de se souvenir de ce qu'il lui avoit promis. A ces paroles il prit un air sévère et lui dit qu'il y penseroit.

En effet, il assembla son conseil pour lui dé-

clarer le chagrin extrême où il étoit d'avoir promis
à ce jeune ambassadeur de rendre tout ce qu'il
avoit gagné sur son maître ; qu'il y avoit attaché
des conditions dont il avoit cru l'exécution impossible, et qu'il falloit aviser à ce qu'il pourroit dire
pour éviter une chose qui lui étoit si préjudiciable.
La princesse sa fille, qui étoit une des plus belles
personnes du monde, l'ayant entendu parler ainsi,
lui dit : « Seigneur, vous savez que jusqu'à présent j'ai vaincu tous ceux qui ont osé me disputer le prix de la course, il faut dire à l'ambassadeur que, s'il peut arriver premier que moi au
but qui sera marqué, vous promettez de ne plus
éluder la parole que vous lui avez donnée. »

L'empereur embrassa sa fille, il trouva son conseil merveilleux, et le lendemain il reçut agréablement les devoirs de Fortuné.

« J'ai encore une chose à exiger, lui dit-il,
c'est que vous ou quelqu'un de vos gens couriez
contre la princesse ma fille ; je vous jure par tous
les élémens que, si l'on remporte le prix sur elle,
je donnerai toute sorte de satisfaction à votre
maître. » Fortuné ne refusa point ce défi ; il dit à
l'empereur qu'il l'acceptoit, et sur-le-champ Matapa ajouta que ce seroit dans deux heures. Il
envoya dire à sa fille de se préparer : c'étoit un
exercice où elle étoit accoutumée dès sa plus
tendre jeunesse. Elle parut dans une grande allée

d'orangers, qui avoit trois lieues de long, et qui étoit si bien sablée que l'on n'y voyoit pas une pierre grosse comme la tête d'une épingle : elle avoit une robe légère de taffetas couleur de rose, semée de petites étoiles brodées d'or et d'argent ; ses beaux cheveux étoient rattachés d'un ruban par derrière, et tomboient négligemment sur ses épaules ; elle portoit de petits souliers sans talons, extrêmement jolis, et une ceinture de pierreries qui marquoit assez sa taille pour laisser voir qu'il n'en avoit jamais été une plus belle ; la jeune Atalante n'auroit osé lui rien disputer.

Fortuné vint suivi du fidèle Léger et de ses autres domestiques ; l'empereur se plaça avec toute sa cour ; l'ambassadeur dit que Léger auroit l'honneur de courir contre la princesse. Le coffre de maroquin lui avoit fourni un habit de toile de Hollande tout garni de dentelle d'Angleterre, des bas de soie couleur de feu, des plumes de même et de beau linge. En cet état il avoit fort bonne mine, la princesse l'accepta pour courir avec elle ; mais avant que de partir on lui apporta une liqueur qui aidoit encore à la rendre plus légère et à lui donner de la force. Le coureur s'écria qu'il falloit qu'on lui en donnât aussi, et que l'avantage devoit être égal. « Très volontiers, dit-elle, je suis trop juste pour vous refuser. » Aussitôt elle lui en fit verser ; mais,

comme il n'étoit point accoutumé à cette eau qui
étoit très forte, elle lui monta tout d'un coup à
la tête ; il fit deux ou trois tours, et, se laissant
tomber au pied d'un oranger, il s'endormit pro-
fondément.

Cependant on donnoit le signal pour partir :
on l'avoit déjà recommencé trois fois, la princesse
attendoit bonnement que Léger s'éveillât ; elle
pensa enfin qu'il lui étoit d'une grande conséquence de tirer son père de l'embarras où il étoit,
de sorte qu'elle partit avec une grâce et une légèreté merveilleuses. Comme Fortuné se tenoit au
bout de l'allée avec tous ses gens, il ne savoit rien
de ce qui se passoit, lorsqu'il vit la princesse qui
couroit toute seule, et qui n'étoit plus guère qu'à
une demi-lieue du but. « Dieux ! s'écria-t-il en
parlant à son cheval, nous sommes perdus ; je n'a-
perçois point Léger. — Seigneur, dit Camarade,
il faut que Fine-Oreille écoute, peut-être il nous
apprendra ce qu'il fait. » Fine-Oreille se jeta par
terre, et, bien qu'il fût à deux lieues de Léger, il
l'entendit ronfler. « Vraiment, dit-il, il n'a garde
de venir, il dort comme s'il étoit dans son lit. —
Eh ! que ferons-nous donc ? s'écria encore Fortuné.
—Mon maître, dit Camarade, il faut que Bon-Tireur
lui décoche une flèche dans le petit bout de
l'oreille afin de le réveiller. » Le Bon-Tireur prit
son arc, et frappa si juste qu'il perça l'oreille de

Léger. La douleur qu'il ressentit le tira de son assoupissement; il ouvrit les yeux, il aperçut la princesse qui touchoit presque au but, et il n'entendit derrière lui que des cris de joie et d'applaudissement. Il s'étonna d'abord, mais il regagna bien vite ce que le sommeil lui avoit fait perdre. Il sembloit que les vents le portoient, et que les yeux ne le pouvoient suivre; enfin il arriva le premier ayant encore la flèche dans l'oreille, car il ne s'étoit pas donné le temps de l'ôter.

L'empereur demeura si surpris des trois événemens qui s'étoient passés depuis l'arrivée de l'ambassadeur qu'il crut que les dieux s'intéressoient pour lui et qu'il ne pouvoit plus différer de tenir sa parole. « Approchez, lui dit-il, afin d'entendre par ma bouche que je consens que vous preniez ici ce que vous ou l'un de vos hommes pourrez emporter des trésors de votre maître, car il ne faut pas que vous pensiez que je veuille jamais vous en donner davantage, ni que je laisse aller ses soldats, ses sujets et ses chevaux. » L'ambassadeur lui fit une profonde révérence; il lui dit qu'il lui faisoit encore beaucoup de grâce, et qu'il le supplioit de donner ses ordres là-dessus.

Matapa, tout plein de dépit, parla au gardien de ses trésors et s'en alla à une maison de plaisance qu'il avoit proche de la ville. Aussitôt Fortuné et ses gens demandèrent l'entrée de tous les lieux où

les meubles, les raretés, l'argent et les bijoux du
roi étoient enfermés. On ne lui cacha rien, mais
ce fut à condition qu'il n'y auroit qu'un seul
homme qui pourroit s'en charger. Forte-Échine
se présenta, et avec son secours l'ambassadeur
emporta tous les meubles qui étoient dans les palais de l'empereur, cinq cents statues d'or plus
hautes que des géans, des carrosses, des chariots
et toutes sortes de choses, sans exception ; avec
cela Forte-Échine marchoit si légèrement qu'il ne
sembloit pas qu'il eût une livre pesant sur son
dos.

Lorsque les ministres de l'empereur virent que
ses palais étoient démeublés à tel point qu'il n'y
restoit ni chaise, ni coffre, ni marmite, ni lit
pour le coucher, ils allèrent en diligence l'en avertir, et l'on peut juger de son étonnement quand
il sut qu'un seul homme emportoit tout : il s'é-
cria qu'il ne le souffriroit pas, et commanda à ses
gardes et à ses mousquetaires de monter à cheval
et de suivre en diligence les ravisseurs de ses trésors. Bien que Fortuné fût à plus de dix lieues,
Fine-Oreille l'avertit qu'il entendoit un gros de
cavalerie qui venoit à toute bride, et le Bon-Tireur, qui avoit la vue excellente, les aperçut ; ils
étoient au bord d'une rivière. Fortuné dit à Trinquet : « Nous n'avons point de bateau, si tu
pouvois boire une partie de cette eau, nous pas-

serions. » Trinquet aussitôt fit son devoir. L'ambassadeur vouloit profiter du temps pour s'éloigner; son cheval lui dit : « Ne vous inquiétez pas, laissez approcher nos ennemis. » Ils parurent au bord de la rivière, et, sachant où les pêcheurs mettoient leurs bateaux, ils s'embarquèrent promptement, et ramoient de toutes leurs forces, lorsque l'Impétueux enfla ses joues, et commença de souffler : la rivière s'agita, les bateaux furent renversés, et la petite armée de l'empereur périt sans qu'il s'en sauvât un seul pour lui en aller dire des nouvelles.

Chacun, joyeux d'un événement si favorable, ne songea plus qu'à demander la récompense qu'il croyoit avoir méritée; ils vouloient se rendre les maîtres de tous les trésors qu'ils emportoient, lorsqu'il s'éleva une grande dispute entre eux sur le partage.

« Si je n'avois pas gagné le prix, disoit le Coureur, vous n'auriez rien. — Et si je ne t'avois pas entendu ronfler, dit Fine-Oreille, où en étions-nous? — Qui t'auroit réveillé sans moi? repartit le Bon-Tireur. — En vérité, ajouta Forte-Échine, je vous admire avec vos contestations : quelqu'un me doit-il disputer l'avantage de choisir, puisque j'ai eu la peine de porter tout? Sans mon secours vous ne seriez point dans l'embarras de partager. — Dites plutôt sans le mien, repartit Trinquet; la rivière, que j'ai bue comme un verre de limonade, vous auroit un peu embarrassés. — On l'auroit été bien autrement si je n'avois pas renversé les bateaux, dit l'Impétueux. — J'ai gardé le silence jusqu'à présent, interrompit Grugeon, mais je ne puis m'empêcher de représenter que c'est moi qui ai ouvert la scène aux grands événemens qui se sont passés, et que, si j'avois laissé seulement une croûte de pain, tout étoit perdu.

— Mes amis, dit Fortuné d'un air absolu, vous avez tous fait des merveilles, mais nous devons laisser au roi le soin de reconnoître nos services, je serois bien fâché d'être récompensé d'une autre main que de la sienne : croyez-moi, remettons tout à sa volonté ; il nous a envoyés pour rapporter ses trésors, et non pas pour les voler ; cette pensée est même si honteuse que je suis d'avis que l'on n'en parle jamais, et je vous assure qu'en mon particulier je vous ferai tant de bien que vous n'aurez rien à regretter, quand bien il seroit possible que le roi vous négligeât. »

Les sept doués se sentirent pénétrés de la remontrance de leur maître ; ils se jetèrent à ses pieds, et lui promirent de n'avoir point d'autre volonté que la sienne ; ainsi ils achevèrent leur voyage. Mais l'aimable Fortuné, en approchant de la ville, se sentoit agité de mille troubles différens : la joie d'avoir rendu un service considérable à son roi, à celui pour qui il ressentoit un attachement si tendre, l'espérance de le voir, d'en être favorablement reçu, tout cela le flattoit agréablement. D'ailleurs, la crainte d'irriter encore la reine et d'éprouver de nouvelles persécutions de sa part et de celle de Floride le jetoit dans un étrange abattement; enfin il arriva, et tout le peuple, ravi de voir tant de richesses qu'il rapportoit, le suivoit avec mille acclamations, dont le bruit parvint jusqu'au palais.

Le roi ne put croire une chose si extraordinaire, il courut chez la reine pour l'en informer; elle demeura d'abord tout éperdue, mais ensuite, se remettant un peu : « Vous voyez, dit-elle, que les dieux le protègent ; il a heureusement réussi, et je ne suis pas surprise qu'il entreprenne ce qui paroît impossible aux autres. » En achevant ces mots, elle vit entrer Fortuné; il informa Leurs Majestés du succès de son voyage, ajoutant que les trésors étoient dans le parc, parce qu'il y avoit tant d'or, de pierreries et de meubles, qu'on n'avoit point d'endroits assez grands pour les mettre; il est aisé de croire que le roi témoigna beaucoup d'amitié à un sujet si fidèle, si zélé et si aimable.

La présence du chevalier et tous les avantages qu'il avoit remportés rouvrirent dans le cœur de la reine une blessure qui n'étoit point encore fermée; elle le trouva plus charmant que jamais, et, sitôt qu'elle put être en liberté de parler à Floride, elle recommença ses plaintes ordinaires. « Tu vois ce que j'ai fait pour le perdre, lui disoit-elle, je n'imaginois que ce seul moyen de l'oublier; une fatalité sans pareille me le ramène toujours, et, quelques raisons que j'eusse de mépriser un homme qui m'est si inférieur, et qui ne paye mes sentimens que d'une noire ingratitude, je ne laisse pas de l'aimer encore et de me résoudre enfin à l'épouser secrètement. — A l'épouser, Madame? s'écria Floride. Est-ce une chose possible? ai-je bien entendu? — Oui, reprit la reine, tu as entendu mon dessein, il faut que tu le secondes; je te charge d'amener Fortuné ce soir dans mon cabinet, je veux lui déclarer moi-même jusqu'où vont mes bontés pour lui. » Floride, au désespoir d'être choisie pour contribuer au mariage de sa maîtresse et de son amant, n'oublia rien pour détourner la reine de le vouloir; elle lui représenta la colère du roi s'il venoit à découvrir cette intrigue, qu'il feroit peut-être mourir le chevalier; que tout au moins il le condamneroit à une prison perpétuelle, où elle ne le verroit plus; toute son éloquence échoua, elle vit que la reine commençoit à se fâcher, elle n'eut pas d'autre parti à prendre que celui d'obéir.

Elle trouva Fortuné dans la galerie du palais,

où il faisoit arranger les statues d'or qu'il avoit
rapportées de Matapa; elle lui dit de venir le
soir chez la reine; cet ordre le fit trembler, Floride connut sa peine. « O Dieu, lui dit-elle, que
je vous plains! Pourquoi faut-il que le cœur de
cette princesse n'ait pu vous échapper? Hélas!
j'en sais un moins dangereux que le sien qui n'o-
seroit se déclarer. » Le chevalier ne voulut pas
s'embarquer dans un nouvel éclaircissement, il
avoit déjà assez de chagrin, et, comme il ne cherchoit point à plaire à la reine, il prit un habit très
négligé, afin qu'elle ne pût penser qu'il eût aucun
dessein; mais, s'il pouvoit quitter aisément les diamans et la broderie, il n'en alloit pas de même
de ses charmes personnels; il étoit toujours aimable, toujours merveilleux; de quelque humeur
qu'il fût, rien ne l'égaloit.

La reine prit grand soin de rehausser sa beauté
de tout l'éclat qu'on peut recevoir d'une parure
extraordinaire; elle remarqua avec plaisir que
Fortuné en paroissoit surpris. « Les apparences,
lui dit-elle, sont quelquefois si trompeuses que je
suis bien aise de me justifier sur ce que vous avez
cru sans doute de mes sentimens. Lorsque j'ai en-
gagé le roi à vous envoyer vers l'empereur, il
sembloit que je voulois vous sacrifier; comptez
cependant, beau chevalier, que je savois tout ce
qui devoit en arriver, et que je n'ai point eu d'au-

tres vues que de vous ménager une gloire immor-
telle. — Madame, lui dit-il, vous êtes trop élevée
au-dessus de moi pour que vous deviez vous
abaisser jusqu'à une explication; je n'entre point
dans les motifs qui vous ont fait agir, il me suffit
d'avoir obéi au roi. — Vous avez trop d'indifférence pour l'éclaircissement que je veux vous
donner, ajouta-t-elle; mais enfin le temps est venu
de vous convaincre de mes bontés; approchez,
Fortuné, approchez, recevez ma main pour gage
de ma foi. »

Le pauvre chevalier demeura si interdit qu'on
ne l'a jamais été davantage; il fut vingt fois près
de déclarer son sexe à la reine; il n'osa le faire,
et répondit aux témoignages de son amitié par
une froideur extrême; il lui dit des raisons infinies
sur la colère où seroit le roi d'apprendre que son
sujet, au milieu de sa cour, eût osé contracter un
mariage si important sans son aveu. Après que la
reine eut essayé inutilement de le guérir de la peur
qui sembloit l'alarmer, elle prit tout d'un coup le
visage et la voix d'une furie; elle s'emporta, elle
lui fit mille menaces, elle le chargea d'injures,
elle le battit, elle l'égratigna, et, tournant ensuite
ses fureurs contre elle-même, elle s'arracha les
cheveux, se mit le visage et la gorge en sang, dé-
chira son voile et ses dentelles, puis s'écriant :
« A moi, gardes, à moi! » elle fit entrer les siens

dans son cabinet ; elle leur commanda de mettre cet infortuné au fond d'un cachot, et du même pas elle courut chez le roi pour lui demander justice contre les violences de ce jeune monstre.

Elle raconta à son frère que depuis longtemps il avoit eu l'audace de lui déclarer sa passion ; que, dans l'espérance que l'absence et ses rigueurs pourroient le guérir, elle n'avoit négligé aucune occasion de l'éloigner, comme il avoit pu le remarquer ; mais que c'étoit un malheureux que rien ne pouvoit changer, qu'il voyoit l'extrémité où il s'étoit porté contre elle ; qu'elle vouloit qu'on lui fît son procès, et que, s'il lui refusoit cette justice, elle en tireroit raison.

La manière dont elle parloit étonna le roi ; il la connoissoit pour la plus violente femme du monde ; elle avoit beaucoup de pouvoir, et elle étoit capable de bouleverser le royaume : la hardiesse de Fortuné demandoit une punition exemplaire ; tout le monde savoit déjà ce qui venoit de se passer, et il devoit se porter lui-même à venger sa sœur. Mais, hélas ! sur qui cette vengeance devoit-elle être exercée ? sur un chevalier qui s'étoit exposé aux plus grands périls pour son service, auquel il étoit redevable de son repos et de tous ses trésors, qu'il aimoit d'une inclination particulière. Il auroit donné la moitié de sa vie pour sauver ce cher favori : il représenta à la reine l'utilité dont il lui étoit, les services qu'il avoit rendus à l'État, sa jeunesse, et toutes les choses qui pouvoient l'engager à lui pardonner. Elle ne voulut pas l'entendre, elle demandoit sa mort. Le roi, ne pouvant donc plus éviter de lui donner des juges, nomma ceux qu'il crut les plus doux et les plus susceptibles de tendresse, afin qu'ils fussent plus disposés à tolérer cette faute.

Mais il se trompa dans ses conjectures; les juges voulurent rétablir leur réputation aux dépens de ce pauvre malheureux, et, comme c'étoit une affaire de grand éclat, ils s'armèrent de la dernière rigueur, et condamnèrent Fortuné sans daigner l'entendre. Son arrêt portoit trois coups de poignard dans le cœur, parce que c'étoit son cœur qui étoit coupable.

Le roi craignoit autant cet arrêt que s'il avoit dû être prononcé contre lui-même; il exila tous les juges qui l'avoient donné, mais il ne pouvoit sauver son aimable Fortuné, et la reine triomphoit du supplice qu'il alloit souffrir; ses yeux altérés de sang demandoient celui de cet illustre affligé. Le roi fit de nouvelles tentatives auprès d'elle qui ne servirent qu'à l'aigrir. Enfin le jour marqué pour cette terrible exécution arriva. L'on vint retirer le chevalier de la prison où il avoit été mis, et où il étoit demeuré sans que personne au monde lui eût parlé; il ne savoit point le crime dont la reine l'accusoit, s'imaginant seulement que c'étoit quelque nouvelle persécution que son indifférence lui attiroit; et ce qui lui faisoit le plus de peine, c'est qu'il croyoit que le roi secondoit les fureurs de cette princesse.

Floride, inconsolable de l'état où l'on réduisoit son amant, prit une résolution de la dernière violence : c'étoit d'empoisonner la reine et de s'empoisonner elle-même, s'il falloit que Fortuné éprouvât la rigueur d'une mort cruelle. Dès qu'elle en sut l'arrêt, le désespoir saisit son âme, elle ne pensa plus qu'à exécuter ses desseins; mais on lui apporta un poison plus lent qu'elle ne vouloit, de sorte qu'encore qu'elle l'eût fait prendre à la reine, cette princesse, qui n'en ressentoit pas encore la malignité, fit amener le beau chevalier au milieu de la grande place du palais pour recevoir la mort en sa présence. Les bourreaux le tirèrent de son cachot avec leur coutume ordinaire, et le conduisirent comme un tendre agneau au supplice. Le premier objet qui frappa ses yeux, ce fut la reine sur son chariot, qui ne pouvoit être à son gré assez proche de lui, voulant, s'il se pouvoit, que son sang rejaillît sur elle. Pour le roi, il s'étoit enfermé dans son cabinet, afin de plaindre en liberté le sort de son cher favori.

Lorsque l'on eut attaché Fortuné à un poteau, l'on arracha sa robe et sa veste pour lui percer le cœur; mais quel étonnement fut celui de cette nombreuse assemblée, quand on découvrit la gorge d'albâtre de la véritable Belle-belle! Chacun connut que c'étoit une fille innocente accusée injustement. La reine, émue et confuse, se troubla à tel point que le poison commença de faire des effets surprenans; elle tomboit dans de longues convulsions, dont elle ne revenoit que pour pousser des regrets cuisans; et le peuple, qui chérissoit Fortuné, lui avoit déjà rendu sa liberté. L'on courut annoncer ces surprenantes nouvelles au roi, qui s'abandonnoit à une profonde tristesse. Dans ce moment la joie prit la place de la douleur; il courut dans la place, et fut charmé de voir la métamorphose de Fortuné.

Les derniers soupirs de la reine suspendirent un peu les transports de ce prince; mais, comme il réfléchit sur sa malice, il ne put la regretter et résolut d'épouser Belle-belle, pour lui payer par une couronne les obligations infinies qu'il lui avoit; il lui déclara ses intentions. Il est aisé de croire qu'elles la mirent au comble de ses souhaits, beaucoup moins par rapport à son élévation que par rapport à un roi plein de mérite pour lequel elle avoit toujours ressenti une tendresse extrême.

Le jour du célèbre mariage du roi étant marqué, Belle-belle reprit ses habits de fille, et parut mille

fois plus aimable avec qu'elle ne l'étoit sous ceux
du chevalier. Elle consulta son cheval sur la suite
de ses aventures; il ne lui en promit plus que d'a-
gréables, et, en reconnoissance de tous les bons
offices qu'il lui avoit rendus, elle lui fit faire une
écurie lambrissée d'ébène et d'ivoire; il ne cou-
choit plus que sur des matelas de satin. A l'égard
de ceux qui l'avoient suivie, ils eurent des récom-
penses proportionnées à leurs services.

Cependant Camarade disparut; on vint le dire
à Belle-belle. Cette perte troubla la reine, qui l'a-
doroit. Elle fit chercher son cheval partout; ce fut
inutilement pendant trois jours; le quatrième son
inquiétude l'obligea de se lever avant l'aurore;
elle descendit dans le jardin, traversa le bois et
se promena dans une vaste prairie, s'écriant de
temps en temps : « Camarade, mon cher Camarade, qu'êtes-vous devenu? M'abandonnez-vous?
J'ai encore besoin de vos sages conseils : revenez,
revenez, pour me les donner. » Comme elle parloit ainsi, elle aperçut tout d'un coup un second
soleil qui se levoit du côté d'occident; elle s'arrêta pour admirer ce prodige; son ravissement fut
sans pareil de voir que cela s'approchoit peu à
peu d'elle, et de reconnoître au bout d'un moment son cheval, dont l'équipage étoit tout couvert de pierreries, et précédoit, en cabriolant, un
char de perles et de topazes; vingt-quatre mou-

tons le traînoient ; leur laine étoit de fil d'or et
de cannetille très brillante ; leurs traits, de satin cramoisi, couverts d'émeraudes ; les escarboucles n'y
manquoient pas, ils en avoient à leurs cornes et à
leurs oreilles. Belle-belle reconnut dans le char sa
protectrice la fée avec le comte son père, et ses
deux sœurs, qui lui crièrent, en battant des mains
et lui faisant mille signes d'amitié, qu'elles venoient à ses noces : elle pensa mourir de joie ; elle
ne savoit que faire ni que dire pour leur en donner
tous les témoignages qu'elle auroit voulue. Elle se
plaça dans le chariot, et ce pompeux équipage
entra dans le palais, ou tout étoit déjà préparé
pour célébrer la plus grande fête qui pouvoit se
passer dans le royaume Ainsi l'amoureux roi attacha sa destinée à celle de sa maîtresse ; et cette
charmante aventure a passé de siècle en siècle jusqu'au nôtre.

Le plus cruel lion de l'ardente Libye,
Presse par le chasseur dont il ressent les traits,
Est moins à redouter qu'une amante en furie
    Qui voit mépriser ses attraits.
Le fer et le poison est la moindre vengeance
    Qu'ose demander son courroux
    Pour en calmer la violence.
Vous en voyez ici les funestes effets :
On eût à Fortuné, malgré son innocence,
Fait souffrir le tourment du plus grand des forfaits.
    Sa métamorphose nouvelle
Désarma tout un peuple a sa perte obstiné,

Et l'on reconnut Belle-belle
Sous les habits de Fortuné.
La reine vainement demandoit son supplice;
Le Ciel pour l'innocence a toujours combattu
Après avoir puni le vice,
Il sait couronner la vertu.

TABLE

DES DEUX VOLUMES.

———

Imprimé par D. Jouaust

POUR LA

BIBLIOTHÈQUE DES DAMES

DECEMBRE 1881

BIBLIOTHÈQUE DES DAMES

Cette collection a pour but de réunir les ouvrages qui doivent le plus spécialement plaire aux Dames, et formera pour elles, à côté des grands classiques, dont elles ne doivent pas se désintéresser, une bibliothèque intime où elles pourront trouver un délassement à des lectures plus sérieuses. Comme la *Bibliothèque des Dames* ne comprendra que des ouvrages empruntés aux bons écrivains français, elle s'adresse également aux hommes, parmi lesquels elle ne pourra manquer de trouver un grand nombre d'amateurs.

Cette collection est imprimée avec le luxe et l'élégance que commandent les personnes à qui elle est destinée. Chaque volume, enfermé dans une gracieuse couverture imprimée en deux couleurs, est orné d'un frontispice gravé à l'eau-forte. — Le tirage est fait à petit nombre sur papier de Hollande; il y a aussi des exemplaires sur *papier de Chine* et sur *papier Whatman*.